PLANEJANDO
EXISTÊNCIAS

Solicite nosso catálogo completo, com mais de 300 títulos, onde você encontra as melhores opções do bom livro espírita: literatura infantojuvenil, contos, obras biográficas e de autoajuda, mensagens espirituais, romances palpitantes, estudos doutrinários, obras básicas de Allan Kardec, e mais os esclarecedores cursos e estudos para aplicação no centro espírita – iniciação, mediunidade, reuniões mediúnicas, oratória, desobsessão, fluidos e passes.

E caso não encontre os nossos livros na livraria de sua preferência, solicite o endereço de nosso distribuidor mais próximo de você.

Edição e distribuição
EDITORA EME
Caixa Postal 1820 – CEP 13360-000 – Capivari – SP
Telefones: (19) 3491-7000/3491-5449
vendas@editoraeme.com.br – www.editoraeme.com.br

Edson George Crespo de Mattos

Planejando
EXISTÊNCIAS

Romance espírita

Capivari-SP
— 2011 —

© Edson George Crespo de Mattos

Os direitos autorais desta obra são de exclusividade do autor.

A Editora EME mantém o Centro Espírita "Mensagem de Esperança", colabora na manutenção da Comunidade Psicossomática Nova Consciência (clínica masculina para tratamento da dependência química), e patrocina, junto com outras empresas, a Central de Educação e Atendimento da Criança (Casa da Criança), em Capivari-SP.

2ª edição – julho/2011 – Do 3.001 ao 5.000 exemplares

CAPA | André Stenico
DIAGRAMAÇÃO | Taís Ricomini
REVISÃO | Cristian Fernandes

Ficha catalográfica elaborada na editora

Mattos, Edson George Crespo de, 1962-2005
    Planejando existências / Edson George Crespo de Mattos. – 2ª ed.
– Capivari, SP : Editora EME, jul. 2011.
    264 p.

    ISBN 978-85-7353-457-3

    1. Literatura espírita. Romance espírita.
    2. Reencarnação. Planejamento de existências.
                                                           CDD 133.9

Sumário

A colônia 7
O barão 27
O retorno 43
O novo lar 63
A vida anterior de Rafaela 81
A vida anterior de Júlio 91
A revelação 109
O recomeço 121
O caso Jurandir 131
O caso Davi 145
Reencontrando a família 163
Planejando o retorno 181
O novo recomeço 203

Capítulo 1

A colônia

Fale conosco!!

Queremos saber sua opinião sobre o livro: _____

_____
_____
_____
_____
_____
_____
_____

(favor mencionar o nome do livro)

Receba em seu endereço, gratuitamente, a Revista de Livros EME, o Jornal Leitor EME, prospectos, notícias dos lançamentos e marca-páginas com mensagens, preenchendo o formulário abaixo e mandando-nos através de:

Carta: Cx. Postal, 1820 - 13360-000 - Capivari-SP
Fone/fax: (19)3491-7000 / 3491-5449,
E-mail: atendimento@editoraeme.com.br □ **Site:** www.editoraeme.com.br

NOME:_____

ENDEREÇO:_____

CIDADE/EST./CEP:_____

FONE/FAX:_____

E-MAIL:_____

O dia na colônia começa cedo, mais precisamente às seis da manhã. Tudo está tranquilo, o silêncio reina absoluto e Tiago está no seu quarto trabalhando, como de costume.

Sobre a escrivaninha, diversos processos estão a sua espera para leitura. Tiago dificilmente descansa, pois é um dos responsáveis pela criação da colônia e tem diversas responsabilidades, mas com habilidade e inteligência desenvolve todas com grande competência.

No momento, escreve um roteiro. Irá realizar palestra para um grupo de estagiários de outra colônia. O assunto escolhido por ele refere-se ao livre-arbítrio e suas consequências no planejamento espiritual.

O silêncio é interrompido pelo alvoroço da chegada de mais uma turma de busca. Tiago vai à janela e observa que, desta vez, o grupo foi bem sucedido e diversos espíritos sofredores foram resgatados. Passado o grupo, Tiago permanece na janela a admirar a beleza da colônia, e sente certo orgulho de ter participado da construção do lugar.

A colônia foi criada para abrigar temporariamente espíritos sofredores, principalmente os recém-desencarnados. É constituída por um conjunto de sete prédios e três vilas com dezenas de pequenas casas. Os prédios são, basicamente, um auditório com capacidade para mais de mil pessoas confortavelmente sentadas em poltronas de veludo azul, com palco para apresentações de peças teatrais e mais três pequenas salas de conferência, com capacidade para cem pessoas sentadas, dois centros de treinamento onde se ministravam todos os tipos de cursos, uma biblioteca, um centro administrativo e dois hospitais.

A principal função da colônia é recuperar espíritos com problemas, por isso a existência de dois hospitais, um para os casos mais complicados, os quais demandam mais recursos e pessoal especializado, e o outro para espíritos já com algum conhecimento, mas que mesmo assim precisam de alguma assistência, apesar de não demandarem tantos recursos. O primeiro hospital tem o dobro do tamanho do segundo, tendo capacidade para abrigar mil espíritos, em camas individuais alvíssimas. Devido ao tamanho de seus hospitais, a colônia deveria ter mais habitações para abrigar esses espíritos depois de recuperados. Porém, ela é especializada em recuperar e não em abrigar definitivamente.

Os espíritos permanecem internados o tempo suficiente para se recuperar de seus sofrimentos psicológicos, através de passes energizantes e calmantes, assim como conselhos de ordem moral e esclarecimentos sobre sua situação atual, depois são encaminhados para outras colônias, onde irão morar e desenvolver outras atividades. As vilas residenciais existentes destinam-se exclusivamente aos trabalhadores da colônia, podendo ser permanentes ou temporários, ou seja, espíritos que chegam de outras colônias apenas para desenvolver estudos ou trabalhos específicos e, findos estes trabalhos, retornam para suas colônias de origem.

A colônia Recomeçar é realmente uma obra-prima da inteligência e do amor fraterno. Os prédios são separados por uma grande praça arborizada e repleta de pássaros de diversas espécies, com diversos bancos espalhados, para as pessoas poderem sentar e apreciar a beleza do local. Tanto os prédios como as casas são brancos, refletindo uma intensa luz azul clara. As pessoas caminham pelas ruas sem pressa, tudo é muito organizado.

O sol surge no horizonte banhando a colônia com seus raios luminosos e, misturando-se à luz da própria colônia, forma um véu de intensa luminosidade azul-esverdeada. Ao longe se percebe o cantar dos pássaros, sentindo-se as vibrações de amor e a energia positiva que se espalha por todos os cantos.

Tiago abre a janela e respira profundamente, como se quisesse aproveitar até a última gota dessa energia. Em seguida, se dirige até a escrivaninha, pega alguns relatórios e caminha até a porta.

No caminho, procura relembrar mentalmente todas as atividades do dia, colocando-as em ordem. A primeira, que ocuparia quase o dia todo, seria a palestra para os estagiários, depois faria uma visita ao hospital, para recepcionar o grupo de espíritos recém-chegados e, à noite, participaria de uma reunião de desenvolvimento mediúnico.

Chegando ao local onde seria realizada a palestra, poucos estavam ali, pois ainda era muito cedo. A sala fazia parte de um dos prédios do centro de treinamento, tinha trinta lugares e era uma das dez salas destinadas a palestras e cursos realizados na colônia. Junto a esse complexo de salas ficava o prédio da biblioteca, com mais de dez mil livros, que davam suporte aos estudantes interessados em todas as áreas espirituais.

Comparativamente a outras colônias, essa era uma biblioteca pequena, mas basta lembrar que Recomeçar não é uma colônia habitacional, e sim uma colônia hospitalar. Depois que os espíritos melhoram de suas enfermidades, são oferecidos diversos cursos para esclarecimento e sua total recuperação, sendo estes cursos específicos.

Logo após sua chegada, Tiago é cercado pelos poucos estagiários, ávidos por respostas às suas perguntas. Ele responde a todas pacientemente, porém um rapaz, que até aquele momento não havia perguntado nada, chamou a atenção de Tiago:

— Meu jovem, notei que não fez nenhuma pergunta, está por acaso com algum problema?

— Perdoe-me, senhor, é que meus companheiros já fizeram todas as perguntas possíveis e não tenho mais nenhuma a fazer. Acho, porém, que ainda não compreendi direito o tema de hoje.

— Não tem problema, no decorrer da palestra irá compreender.

Nesse instante, os ouvintes restantes chegam, e todos procuram os assentos, para que Tiago inicie a palestra.

Depois de um breve alvoroço, segue-se um silêncio absoluto, e então Tiago começa a falar:

— O assunto escolhido foi o livre-arbítrio e suas consequências no planejamento espiritual. Como todos sabem, antes de retornarmos a uma nova existência terrena, é feito todo um planejamento existencial ou "destino", como é mais conhecido, para que o espírito atinja seus objetivos evolutivos.

Depois de uma pequena pausa, Tiago respira profundamente e continua:

— Acontece que todo o planejamento é composto de duas formas. Em uma delas, as decisões são tomadas corretamente e os acontecimentos nos levarão direto à execução imediata dos objetivos planejados. Na outra, isso não ocorrerá, ou seja, as decisões não serão as corretas; isto não quer dizer que elas sejam totalmente erradas, apenas daremos uma volta imensa para alcançarmos os objetivos planejados e, nesse desvio, poderão ocorrer outras decisões equivocadas, que complicarão ainda mais a chegada ao objetivo. Muitos desses erros deverão ser resgatados mais tarde, outros o serão nessa mesma existência, devido à lei de ação e reação, atrasando nossa evolução. Mas, de qualquer forma, o objetivo um dia será alcançado.

"O grande problema é quando esses acontecimentos planejados desvirtuam-se completamente, por causa de nossas fraquezas, colocando em risco a nova oportunidade concedida e, ainda por cima, criando condições para que outras pessoas incorram em erros, aumentando ainda mais a nossa responsabilidade. Todos nós temos o direito de escolher o caminho que queremos trilhar, por isso Deus nos deu o livre-arbítrio. Até mesmo o nosso grande mestre Jesus teve que optar pelo caminho que queria seguir, enquanto orava a Deus no Monte das Oliveiras, junto a seus discípulos, antes de ser aprisionado. E Deus, em sua infinita sabedoria, mostrou a Jesus que a decisão era dele, mostrando-nos diretamente que somente nós somos responsáveis pelas nossas decisões, mesmo que existam outras pessoas que possam nos influenciar. Caso Jesus decidisse o contrário, não estaria errado, pois o grande objetivo de sua vinda para Terra estaria apenas adiado. Mas o que teria acontecido se Jesus tivesse tomado uma decisão contrária à que tomou?"

Tiago faz uma pequena pausa, esperando que alguém se pronuncie, mas ninguém fala nada. Ele então continua:

— Talvez nem estivéssemos aqui agora, desfrutando desses conhecimentos, ou estaríamos em condições deploráveis de evolução, afinal ninguém sabe o que poderia ter acontecido. Só Deus tem esse conhecimento. Jesus tomou a decisão correta, o que infelizmente não acontece com os demais seres humanos. Aliás, nem sempre os planejamentos são feitos aqui. Entidades de evolução inferior, mas com grande conhecimento e inteligência, formam e lideram grandes grupos de espíritos sofredores, que vivem em zonas escuras do umbral, sempre procurando vampirizar espíritos inferiores ou encarnados que emitem vibrações idênticas a eles. A maior parte do tempo passam planejando vinganças pessóais ou coletivas, pesquisam o passado de uma pessoa à procura de falhas de personalidade. Para poder atingir o ponto mais fraco, elaboram verdadeiros projetos de planejamento reencarnatório, só que com o objetivo único de vingança.

"Infelizmente, na maioria das vezes, esses objetivos são alcançados, por diversos motivos, entre eles a 'vítima' não ser tão 'vítima' assim, por causa dos seus débitos do passado, ou por continuar no presente com vibrações na mesma faixa desses, facilitando o trabalho. Em outras ocasiões, a 'vítima' que reencarnou para resgatar outro tipo de falha, se vê cercada por cobranças para as quais não está preparada, e capitula diante de seus inimigos invisíveis. No entanto, atingido o objetivo, essa reencarnação fica sem sentido e, normalmente, é muito sofrida e dolorosa, principalmente se a 'vítima' é um espírito com certo grau de evolução e com proteção espiritual. Mas esses espíritos podem também provocar grandes prejuízos para espíritos menos preparados, mesmo que estes tenham um planejamento feito pelos nossos especialistas. Eles são muito inteligentes e usam os conhecimentos adquiridos para planejar reencarnações de vingança, que com a ajuda da 'vítima' atrapalham um planejamento evolutivo, se este não tiver bases sólidas."

Nesse instante Tiago faz uma pequena pausa. Desta vez, um jovem faz uma pergunta:

— Mestre, porque alguns espíritos reencarnam em extrema pobreza e outros muito ricos? Não seria justo que Deus procurasse equilibrar essa situação?

Tiago pensa por alguns segundos e responde:

— "As compensações que Deus promete aos aflitos está na vida futura", sem dar a certeza do futuro. Portanto, essa máxima seria um contrassenso, quando analisada por leigos. Mas, por que uns sofrem mais do que os outros? Por que uns são ricos e outros pobres e, isto tudo sem fazer nada para justificar essa posição? Ver homens e mulheres de bons princípios sofrerem do lado dos maus que prosperam, a fé no futuro pode consolar e levar à paciência, mas não explica essas anomalias que parecem desmentir a justiça de Deus, conforme o nosso colega inteligentemente arguiu. Porém, quando admitimos Deus, não podemos concebê-lo sem perfeições infinitas, Ele deve ser todo poder, todo justiça, todo bondade. Sem isto tudo, o que seria Deus? Se Deus é soberanamente justo, não pode agir por capricho nem com parcialidade. Os problemas da vida têm, pois, uma causa e, uma vez que Deus é justo, essa causa deve ser justa.

Depois de mais uma pequena pausa, continua:

— Os revezes da vida provêm de duas causas, uma delas tem sua origem na vida presente e a outra nas vidas passadas. Verificando os males terrestres, acabamos reconhecendo que muitos são as consequências de tudo, seja de ordem natural ou de conduta.

Segue-se nova pausa. Tiago procura olhar todos os estagiários, e continua em tom grave:

— Quantos tombam por suas próprias faltas! Quantos são vítimas de sua imprevidência, de seu orgulho e vaidade! Quantos males e enfermidades são a consequência da intemperança e dos excessos de todos os gêneros! Que aqueles que foram atingidos pelas vicissitudes e decepções da vida, possam interrogar a sua mente de uma maneira fria: "se eu não tivesse feito aquilo, ou aquilo outro, se eu tivesse orientado melhor meu filho ou amigo". Pergunto de quem afinal é a responsabilidade por essas aflições, se não tivemos a precaução, a perseverança para passarmos por certas circunstâncias de dificuldades. O homem e a mulher, em grande parte dos casos, são os artífices dos seus próprios infortúnios, mas, ao invés de reconhecer, eles acham mais simples e menos humilhante acusar a própria sorte, a providência divina, a chance desfavorável, que não fizeram por merecer uma melhor sorte. Os males dessa natureza formam, seguramente, um notável contigente nas vicissitudes da vida.

Após pequeno intervalo, continua, ainda em tom grave:

— O homem e a mulher poderão evitar muitos males, se trabalharem para o seu aprimoramento moral e intelectual. Nas vidas passadas, também, se não conseguiram pagar as dívidas contraídas, por certo na vida atual estarão pagando-as. Assim se explicam as diferenças que presenciamos no planeta Terra.

"Portanto, caríssimos irmãos, vamos nos esforçar para errarmos menos, pois tudo está fundamentado na lei das causas e efeitos. Tudo aquilo que fizermos de bom, teremos como efeito a alegria e a felicidade e, consequentemente, a consciência tranquila do dever cumprido. Tudo que fizermos de mal, teremos como efeito o sofrimento e a consciência pesada. Vamos educar os nossos pensamentos, vamos nos amar e desejar ao próximo aquilo que gostaríamos que fizessem por nós, como Jesus ensinou."

Um estagiário pergunta:

— Senhor, se quando iniciamos nova jornada terrena já temos tudo planejado, inclusive a condição de usarmos o livre-arbítrio para decidirmos se queremos ou não tal caminho, como se explica que certas pessoas acertem o destino de outras, lendo as palmas das mãos ou os baralhos, se é possível, de um momento para outro, mudar por conta própria o nosso futuro?

Tiago fica feliz com a pergunta. Sente que seus ouvintes estão bastante interessados no assunto, e responde:

— Essas pessoas que têm o "dom" de adivinhar o futuro de outras pessoas, normalmente não sabem o seu próprio destino...

— Como assim? – interrompe outro estagiário.

— Porque, na verdade, elas nada sabem, apenas confiam na sua intuição e, de acordo com as respostas positivas ou negativas que a pessoa lhe passa, ela vai direcionando a sua resposta. É verdade que muitas acertam o seu passado, pois isso é muito natural, visto que o nosso passado está encravado em nosso subconsciente e alguns espíritos encarnados, que desenvolveram esse "dom" aqui, continuam a usá-lo na Terra. Portanto, usufruindo desse conhecimento, conseguem "ler" o subconsciente da outra pessoa, revelando alguns fatos do seu passado recente e outros possíveis do seu anterior. Usam isto para direcionar o futuro da pessoa. E é verdade que muitos se deixam envolver pelas palavras do "vidente" e acabam tomando decisões erradas. Para vocês verem como o livre-arbítrio é importante para Deus, Ele impôs um objetivo para todos nós, que é a evolução, nos disse a forma de alcançarmos esse objetivo, que é praticando o bem através do amor, mas não nos disse quando isso deve acontecer. Podemos levar centenas de anos para atingir os nossos objetivos, por isso a importância de nossas decisões.

— Senhor, tenho uma curiosidade – diz um estagiário.

— Sim, qual é? – responde Tiago.

— Há muito tempo se fala na Terra sobre os anjos da guarda, que cada pessoa tem o seu, que ele nos protege dos perigos, entre outras coisas. Mas aqui estamos vendo que isso não existe, visto que tudo está planejado. Por que então essa crendice popular, que até mesmo Jesus aceitou?

— Muito importante a sua pergunta, meu jovem. Em primeiro lugar, eu nunca disse que os anjos da guarda não existem. Eles existem sim, só que não da forma como foram pintados e muito menos no trabalho que exercem.

Tiago para por alguns instantes, como que procurando ordenar as ideias, e continua:

— Todos nós temos um passado e, nesse passado, criamos muitos amigos e muitos inimigos também. Quando reencarnamos, seja para resgatar algum erro ou em uma missão especial, vários desses amigos reencarnam juntos, com objetivo de nos ajudar na luta. Nossos inimigos também reencarnam, às vezes para procurar redimir seus erros conosco e vice-versa, ou por obra de pura maldade, para nos perseguir ainda mais.

"Mas aqui ficam muitos amigos ainda, e todos eles têm interesse que você atinja seus objetivos. Na maioria das vezes, um deles se oferece para cuidar de você ou, como é mais comum, todos se revezam na ajuda. Logicamente essa ajuda não é como se pensa na Terra, como por exemplo salvando seu protegido de um provável acidente, isso pode ocorrer, caso não esteja planejado esse acidente no seu 'destino', de duas maneiras. Primeiro, você está tomando uma decisão errada e, como resultado de sua decisão equivocada, sofrerá um acidente. O seu protetor, vamos chamá-lo assim, procurará através de seus sonhos persuadi-lo a não tomar tal decisão, demonstrando que você está errado e que esse não é seu caminho. Segundo, caso você não escute seus conselhos ele poderá tentar usar do mesmo recurso com outros amigos seus encarnados, que poderão persuadi-lo a não tomar tal decisão.

"Caso não seja o 'destino' dele e não escute ninguém, tomando a decisão errada, assim mesmo as consequências que advirem desse ato passam a ser de responsabilidade dele, ou seja, são os erros que cometemos na vida e que teremos que resgatar posteriormente. Outra coisa que nossos protetores não fazem é proteger-nos de nossos inimigos, tanto encarnados quanto desencarnados. O máximo que eles fazem é aconselhar-nos sobre os perigos que corremos com certa pessoa. É aquele velho sinal que sentimos quando pessoas mal-intencionadas se aproximam e, por algum motivo, passamos a desconfiar das mesmas.

"A mesma coisa acontece com os inimigos desencarnados. Se mantemos uma linha de pensamentos bons, dificilmente um inimigo desencarnado nos atinge, principalmente porque esses pensamentos puros dão forças aos nossos protetores, que afastam esses seres de nós. Mas se, ao contrário, cultivamos pensamentos impuros ou, mesmo que sem querer, praticamos pequenas maldades, é o suficiente para atrair nossos desafetos espirituais. Normalmente iremos sofrer as consequências dessa atração, sem que os nossos protetores possam interferir. Nós mesmos nos livramos dos nossos inimigos ocultos, com a força positiva do nosso pensamento.

"Outro fato curioso é quando as pessoas pedem ajuda ao seu anjo da guarda ou ao seu santo de devoção. Se o pedido é atendido, reforça a existência do anjo ou santo, mas se nada acontece, as pessoas dizem que o pedido não foi feito com fé, mesmo que a pessoa seja fervorosa no seu pedido. Devemos considerar isso normal, visto que eles não têm conhecimento sobre o planejamento existencial."

— Mas, mestre Tiago, isso tudo mostra que o perdão que pedimos a Deus pelos nossos erros não é atendido, visto que precisamos voltar ao mundo para resgatá-los. Então, por que os religiosos nos ensinam que devemos sempre rezar a Deus e pedirmos perdão de nossas pequenas faltas e, quando estas forem muito grandes, devemos providenciar a confissão para atingirmos o perdão divino?

Tiago pensa um pouco sobre qual a melhor maneira de responder à pergunta tão interessante.

— Essa sua pergunta pode ser respondida em duas partes, com uma complementando a outra. Em primeiro lugar, devemos entender o que é o perdão. No plano terrestre, normalmente o perdão é confundido com desculpa, só que a desculpa se justifica quando atingimos a outro de forma leve. Só que o simples ato de pedirmos desculpas não oficializa que a outra pessoa o desculpe, ela pode até aceitar o seu pedido, mas fica magoada ou com raiva de você e, sem querer, você pode ter contraído um inimigo, o que no futuro irá somar-se a outros atos leves e o transformará em um ato pesado, e um simples pedido de desculpas não será suficiente. Por outro lado, uma pessoa que não goste de você, mas compelida pela situação em que se encontra, obriga-se a um pedido de desculpas, pois em caso contrário ficará malvista perante a sociedade. Mesmo que essa pessoa se desculpe, não significa que ela se tornou sua amiga.

"Na mesma linha de raciocínio, o perdão é quase a mesma coisa, só que para grandes deslizes. A diferença está em como consegui-lo. No caso das desculpas, o simples ato de pedi-las é suficiente e na grande maioria das vezes as desculpas são concedidas. Já o perdão não é concedido tão facilmente. E, conforme a lei divina, somente a parte ofendida pode dar o perdão ao agressor. Nem mesmo Deus pode perdoar por atos de um contra outros, pois como já dissemos, Deus é infinitamente justo e não age com parcialidade. Como poderia Ele interferir em causas particulares? Portanto, se você cometer uma maldade contra outra pessoa, não adianta ir a uma igreja e rezar a Deus para que o perdoe por ter feito algo a alguém.

"Um fato que passa desapercebido de todos na Terra é que a gente só pede perdão quando pratica um mal contra os outros, e esquecemos de quando praticamos um mal a nós mesmos, cometendo erros que atrasam nosso desenvolvimento. Logicamente soaria estranho pedirmos perdão a nós mesmos, não é mesmo? No entanto a forma de se conseguir o perdão por esses erros é igual a pedir perdão por maldades cometidas a outras pessoas, ou seja, retornando ao mundo terreno e, junto com a nossa vítima, resgatarmos os nossos erros, sofrendo juntos as vicissitudes da vida na Terra. Para resgatarmos esses erros e conseguirmos do outro o perdão, devemos antes pedi-lo aqui no mundo espiritual e, caso o outro aceite seu pedido, então começa-se os planejamentos para que esse ato seja concretizado na Terra. Não é só se lamentar e implorar o perdão ao outro, é preciso provar que esse pedido é verdadeiro."

Depois de um pequeno intervalo, onde procura observar seus ouvintes, procurando neles alguma reação de desagrado, continua:

— Uma coisa que me deixa muito triste é a história que os padres católicos inventaram para o perdão de Deus. Eles dizem que Deus delegou-lhes o poder de perdoar a quem os procurar no confessionário. Como esse ato glorioso foi feito se eles não acreditam em espíritos? Como Deus delegou tal função se Ele não foi até a Terra passar a tarefa para o papa? É lógico, meus queridos, que isso não passa de uma mentira inventada para ludibriar os humildes na Terra. Nunca Deus delegou tal função, visto que, de acordo com Suas próprias leis, apenas a pessoa que sofreu a maldade pode perdoar.

"Essa história teve início na Idade Média, quando os bispos eram mais políticos e, como políticos, era essencial que tivessem o máximo de informações das pessoas de sua região. Quanto mais eles soubessem dos erros dos outros, maior seria o poder sobre essas pessoas. Mas como saber dos erros dos outros sem que eles mesmos contassem? Um bispo muito influente na sua cidade, ávido por poder, começou a desenvolver uma artimanha, logicamente com ajuda de seres inferiores do nosso plano, criando a confissão, onde o pecador iria até o bispo e contaria a ele todos os seus pecados. Este, como havia recebido a delegação divina, perdoaria todos os seus pecados num passe de mágica. Portanto, ele resolveria os dois problemas de uma só vez, pois ficava sabendo de todos os segredos íntimos das pessoas e ao mesmo tempo teria todos aos seus pés, gratos pelo perdão concedido. A ideia foi levada ao papa, que a achou fantástica.

"Abro um parênteses para esclarecer que, nessa época, a venda de indultos para o céu era prática comum. Quem era rico tinha garantida uma vaga no céu. Os pobres, uma vaga no inferno. Ou seja, se a pessoa nasceu pobre era porque merecia e o seu lugar de direito, o inferno, para continuar sofrendo lá o que não sofresse aqui, contrariando totalmente os ensinamentos de Jesus, que pregava justamente o contrário.

"Mas, como eu estava dizendo, o papa adorou a ideia, afinal ampliaria seus poderes políticos. Desde então, a Igreja católica tem usado deste artifício para obter favores, visto que todos os padres sabem que o perdão não é concedido desta maneira, mas continuam a colocar nas cabeças de seus fiéis que essa é a única maneira de se obter o perdão. As pessoas têm que defender o padre, custe o que custar, pois ele as livrará de seus pecados."

Depois de pequena pausa, Tiago continua:

— O pior para nós é observar a chegada desses padres ao mundo espiritual. Eles pensam que irão direto para o céu e, quando caem na realidade, muitos se desesperam, ficando à beira da loucura. Muitos ficam a vagar pelo umbral, pregando a sua "verdade", sem que ninguém os ouça. Portanto, pessoas que deveriam lutar pelo desenvolvimento do bem e do amor no plano terreno, o desvirtuam em proveito próprio, gerando diversos problemas de ordem evolutiva.

Neste instante, um ouvinte faz uma pergunta a Tiago:

— Mestre Tiago, mas por que Deus criou essa lei?

— Deus não criou propriamente essa lei. Ela está implícita nas leis divinas, pois se Deus é um ser perfeito, logicamente significa que Ele está livre dos defeitos tão inerentes a nós. Mais ou menos como o pai com seus filhos; o pai, por mais que não goste das malcriações de seu filho, está sempre perdoando, mesmo que este não peça. Quando seu filho sofre um acidente provocado pela negligência dele próprio, que não escutou os conselhos do pai, que só pensa no estado de saúde do filho, nem liga para o seu erro. Logicamente, depois de passado o susto, o pai lhe impõe um castigo. Com Deus é a mesma coisa, Ele está acima das mágoas que causamos com nossos erros, ou seja, Deus está automaticamente nos perdoando, mas não se isenta de nos castigar por esses erros. Mas se Deus é "amor e bondade", como pode castigar Seus filhos, vocês poderão me perguntar. Lógico que a palavra castigo aqui pode ser mudada para aprendizado. Nós precisamos aprender a não cometer mais esse erro. É como numa escola, quando reprovamos de ano e voltamos a repeti-lo, até aprendermos tudo. Deus nos envia novamente ao mundo físico, até que aprendamos o certo. Neste contexto incluem-se retornos de diversas causas, sendo o mais comum o de se resgatar uma dívida com alguém, ou seja, tornar autêntico um pedido de perdão.

Depois de alguns minutos de silêncio, Tiago fica a espera de mais perguntas, mas como nenhuma é feita, ele continua:

— Alguém aqui, enquanto no plano terreno, acreditou em inferno e céu?

Vários estagiários levantam os braços. Tiago os observa lentamente, e então continua:

— Essa história de inferno e céu também foi inventada pelos padres, para justificar o apelo de que os bons iriam para o céu e ficariam lá aproveitando das benesses de terem sido bonzinhos para com a Igreja. Ou seja, trabalhe bastante, junte bastante dinheiro, adquira poder, sucesso e, principalmente, ajude a Igreja aqui na Terra, tendo férias eternas no céu. Ao contrário, quem fosse pobre e não conseguisse amealhar riquezas, sucesso e poder e, justamente por essa condição, não tivesse meios de ajudar a Igreja, às vezes tendo que pedir esmola para poder sobreviver, perante a Igreja iria para o inferno e lá teria que trabalhar para o diabo eternamente, como escravo, além de ficar preso ao caldeirão ardente das chamas. No céu, a alma teria a companhia de belos anjos a servir-lhes frutas frescas e água cristalina, ao som de músicas celestiais. No inferno, passariam fome e teriam a companhia de diabinhas horrendas a fustigar-lhes ferroadas e chicotadas no corpo, e beberiam água enlameada, ao som da gargalhada estridente de satanás e gemidos horrendos ao fundo.

Tiago faz uma pausa, onde observa que seus ouvintes estão até assustados com suas palavras. Não querendo perder a linha de raciocínio, continua rapidamente:

— É lógico que tais histórias foram deturpadas, para servir aos propósitos da Igreja na época, e que tal conveniência continua arraigada até hoje na imaginação popular, mas quais foram as bases para tamanha imaginação? Quem inventaria tal história, se não tivesse fundamento para isso? A resposta é justamente quem nunca falou tal coisa: Jesus.

Os estagiários olham-se estupefatos com a declaração, mas Tiago continua, calmamente:

— Jesus, em suas andanças pela Terra, sempre transmitia seus ensinamentos através de parábolas, pois devido à pouca cultura do homem na época, se fosse falar como as coisas são realmente aqui no outro plano, dificilmente alguém daria ouvidos a ele. Nessas parábolas, Jesus contava histórias, como um pai conta para seus filhos, histórias cheias de fantasia e questionamentos morais. Jesus falava que os homens de boa vontade "iriam para o céu e ficariam perto de Deus" e que os homens de má índole "iriam para seus infernos", onde sofreriam as consequências de suas consciências pesadas. Ele nunca falou como eram o céu e o inferno, mas as pessoas, com sua imaginação fértil, desenvolveram céus e infernos próprios.

"O que Jesus tentou transmitir era que os homens bons iriam para o céu individual e ficariam mais perto de Deus. Os maus iriam para seus infernos, que nada mais são do que a realidade individual. Legiões vagueiam pelo umbral sofrendo com sua própria consciência, arraigados aos bens materiais e vícios da vida material. E assim como as singelas histórias que Jesus contava a verdade do céu e do inferno, o ser humano pobre de espírito imaginou que o céu seria o paraíso perdido, cheio de festas e prazeres, enquanto o inferno estaria cheio de sofrimentos e dores. Só que a realidade é bem diferente.

"Aqui no 'céu', ao contrário do que os padres pregam, se trabalha mais do que na Terra, só que com uma grande diferença: aqui se trabalha para propagar o amor e a caridade para com o próximo, o que Jesus tanto procurou frisar em seus sermões, e não para se acumular riquezas. Lá no 'inferno', as pessoas sofrem porque não conseguem se livrar de seus vícios e pensam que podem continuar com eles, sofrendo por causa disso. O diabo não existe, e as legiões de pessoas más que vagueiam em busca de novos companheiros não prendem seus amigos em caldeirões de óleo quente, apenas partilham de seus vícios e os ajudam em seus planos de vingança ou ódio, formando um círculo vicioso que perdura por muitos e muitos anos, mas que um dia acaba."

Tiago interrompe por um instante, para pensar, e continua:

— Portanto, caríssimos, o pior inferno é a nossa consciência e a única maneira de a libertarmos do sofrimento é resgatando nossos erros durante a existência física, enfrentando as experiências amargas da vida, aprendendo com as derrotas, resgatando amizades perdidas e praticando o bem para com o próximo, seja ele quem for.

Depois de alguns momentos de pausa, em que parecia buscar no fundo da memória alguma coisa, continua:

— A história que irei contar a seguir demonstra como uma decisão equivocada, mesmo que não seja proposital, pode atrapalhar a evolução natural e nos obrigar a ter que começar uma nova existência, para resgatarmos um pequeno erro. Não evoluímos enquanto tivermos dívidas a pagar.

"Essa é a história de um grande amigo meu, que depois de uma grande decepção imposta pelo 'destino', em vez de procurar aprender com o acontecido, entrou em profunda depressão, não terminando sua missão. Isso desencadeou outros acontecimentos, que impuseram uma nova encarnação, com o objetivo de concluir sua missão anterior. Acontece que, na sua nova tentativa, decisões mal tomadas, junto a fatos já planejados, concorreram para que mais uma vez falhasse em sua tarefa.

"Antes de começar, quero informar-lhes que esse amigo era bastante evoluído, mas nem por isso deixou de cometer erros. Devemos sempre ficar atentos às nossas decisões, procurando, em caso de dúvida, praticar sempre o bem. Buscando o bem, qualquer decisão será sempre a correta."

Capítulo 2

O *barão*

Antônio Duarte da Silva era seu nome, filho de um grande fazendeiro de café. Sua fazenda, com mais de mil hectares, era a maior da região, e chamava-se Araruna. Em frente ao grande portão de entrada da fazenda passava a principal estrada da localidade, que ligava diversas fazendas à pequena cidade de Ribeirão das Pedras. Uma linda alameda, cercada em ambos os lados de grandes pés de palmeiras imperiais, ligava o portão de entrada à casa grande, uma linda mansão toda branca, com janelas verdes. Na frente da casa, um lindo jardim gramado, com duas mesinhas de madeira e quatro cadeiras cada, onde o fazendeiro costumava tomar o chá da tarde com seus familiares e visitas. Atrás da casa ficava a senzala, o enorme terreiro para secagem do café, um grande celeiro de madeira, onde ficavam armazenadas as sacas das safras anteriores, e o curral onde ficavam soltos os cavalos.

Nessa fazenda se produzia quase tudo que se consumia. Para tanto, ao lado da área central havia diversos barracões, onde ficavam a serraria, a carpintaria, a olaria, a forja e a ferraria dos animais. As carruagens e carroças eram arrumadas e até construídas na fazenda. Havia ainda a sala de fiação e tecelagem do algodão e da lã. A fazenda ainda possuía áreas para criação de bois, vacas leiteiras, porcos e aves, pequenas plantações de milho, mandioca, feijão, arroz e mamona para obtenção do óleo de iluminação. Estes grandes fazendeiros, devido ao seu poder político e econômico na região, eram conhecidos como "barões do café", nobres sem título, mas com grande poder.

O nosso amigo, sendo filho único, muito jovem herdou tudo de seu pai e, com esforço e trabalho, aumentou a área da fazenda. Pouco tempo depois recebeu do imperador o título de barão, passando-se a chamar Barão de Araruna. Deixava de ser um nobre sem título. De cabelos ruivos, barba e bigode volumosos, era alto, gordo e bonachão, bem educado e rico. Era admirado e odiado ao mesmo tempo.

Poderoso, mandava na região. Suas ordens eram seguidas por todos. Imperialista e escravista por pura acomodação, pois acostumou-se com os lucros do serviço escravo. Sua fazenda tinha perto de quinhentos cativos, que faziam todos os serviços necessários para o bom andamento das atividades, apesar de não admitir espancamentos e maus-tratos em seus escravos, tinha consciência de que eram seres humanos e, portanto, mereciam respeito como qualquer branco, mas, por questões econômicas, não admitia ouvir as novas ideias abolicionistas e brigava com todas as pessoas que ousassem falar de tal assunto na sua frente. Por outro lado, também não admitia em sua casa fazendeiros que eram reconhecidamente bárbaros com seus escravos. Por esses e outros motivos era respeitado por todos.

Costumeiramente reunia-se com outros fazendeiros e intelectuais num clube no centro da pequena cidade, clube que mais tarde seria convertido em associação comercial de Ribeirão das Pedras. Certo dia ocorreu curiosa discussão entre os fazendeiros e intelectuais da cidade, jovens filhos de alguns fazendeiros que estudaram na Europa e que traziam de lá os ideais abolicionistas.

— O barão fala que não pratica maus-tratos em seus escravos, mas os mantém cativos. Por que não os liberta, então? – perguntou um jovem que estudou Direito na Europa.

— Meu jovem, não sou eu quem faz as leis nesse país. Se a lei permite a escravidão, por que só eu tenho que libertar os meus?

— Por humanidade, como o senhor mesmo apregoa aos quatro cantos – respondeu o jovem.

— Os meus escravos são muito bem tratados e nunca, em minha presença, foram para o tronco. Mas não posso libertá-los, por motivos econômicos. Não sei se sabe, mas eles me custaram muito dinheiro, e o custo de produção do café sem a mão de obra escrava subiria muito. Se eu fizesse isso e os outros fazendeiros não, ficaria no prejuízo e logo iria à falência.

— Mas o senhor acha justo que os brancos se aproveitem da submissão dos negros, em proveito de uma economia fraca como a brasileira?

— Não acho correto, só que se fosse declarada a abolição da escravatura e, logicamente, todos perdessem com esse gesto, seria justo.

O barão fez uma pausa, observando a todos, e continuou:

— Você, por acaso, já falou isso com seu pai? – arguiu ao jovem advogado.

— Já! – respondeu o jovem, nervoso.

— E o que ele fez? – retrucou o barão.

O rapaz, meio encabulado e com as faces vermelhas, fez um longo silêncio. Todos estavam curiosos pela sua resposta, inclusive seu pai, que estava na sala, e observavam-no com indiscutível expectativa. Depois de refletir na resposta, o jovem pensou em mentir para salvar o pai de um vexame frente aos outros fazendeiros, visto que fora ele quem iniciara assunto tão polêmico e acabara agora em situação tão embaraçosa. Mas, se mentisse, poderia ser pior, pois todos sabiam que seu pai não dava a mínima atenção para as condições de vida de seus escravos.

Foi então que o barão o tirou de seus pensamentos:

— Então, meu jovem, o que fez seu pai? – perguntou já irônico, sentindo que o jovem encontrava-se em um beco sem saída. Tentando forçar sua resposta, atacou:

— Não quer responder por quê? Tem medo ou vergonha?

O jovem, irritado com tais perguntas, decidiu-se:

— Ele me chamou de louco, me disse que quando herdasse a fazenda eu poderia fazer o que bem entendesse com os escravos, poderia até levar a fazenda à falência se quisesse, mas que guardasse essas ideias para mim e não o perturbasse mais.

Falou com o rosto coberto por lágrimas, e o barão, sentindo que forçara a situação em demasia, tentou colocar panos quentes na situação constrangedora:

— Meu jovem, seus ideais são belos, mas a estrutura econômica brasileira atual depende totalmente dos escravos. Sem eles, iremos todos à falência, sem contar que, se for abolida a escravatura hoje, teremos que arcar com pesadas indenizações para eles, o que torna qualquer tentativa inviável. Isso não é correto? Você, como advogado, pode esclarecer melhor.

— Se seguirmos as leis atuais, isso seria justo, ou seja, teríamos que indenizar. Mas poderíamos criar alternativas legais que omitissem esses detalhes, assim como foi feito nos Estados Unidos.

— Assim mesmo, o custo de tal atitude seria muito alto para nós – retrucou outro fazendeiro.

— Mas nós devemos calcular o custo social de mantermos essas pessoas cativas – comentou outro jovem presente no recinto.

— Concordo com o raciocínio dos senhores, considerou o barão, mas devemos pensar que, se libertarmos essas pessoas sem nenhuma indenização, criaremos le-

giões de desafortunados e analfabetos, a vagarem por aí sem perspectiva de vida, metidos na pobreza e na fome. Socialmente, isso não seria pior?
— O que fazer, então? – perguntou o jovem advogado.
— Não sei. Nenhuma das alternativas parece resolver a situação.

Com essa resposta, todos deram por encerrada a conversa, mas a reunião continuou com um ar pesado entre todos.

O barão casou-se aos vinte e cinco anos, já considerado velho para a época, com uma jovem muito bonita, de pele alva, cabelos longos e negros, mas muito pobre. Seus pais eram trabalhadores rurais sem-terra, e viviam de empreitadas que ocorriam somente em períodos de colheita ou preparo da terra. Moravam em uma casa de barro coberta por palha, infestada de insetos, e a fome os visitava constantemente.

Antônio conheceu Alice quando, precisando de mais mão de obra para concluir a colheita, contratou trabalhadores brancos para o serviço. Com o fim do tráfico de escravos, esses estavam ficando cada vez mais caros e raros. Calculando as despesas, chegou à conclusão de que saía mais barato contratar trabalhadores brancos. Outro problema na aquisição de escravos é que estes estavam cada vez mais rebeldes, e os movimentos abolicionistas promoviam fugas, o que aumentavam os prejuízos. No meio de tantos trabalhadores, uma jovem muito bonita chamou sua atenção. Procurou aproximar-se e começou a conversar, mas a moça, muito tímida, apenas respondia com evasivas. Antônio ficou apaixonado por tal formosura, procurava a moça todos os dias e com o tempo conseguiu que ela fosse se soltando; as conversas ficaram mais longas e íntimas.

Com o fim da colheita, os trabalhadores foram dispensados, e Antônio não tinha como continuar sua corte a Alice. Tomado de paixão pela moça, foi procurá-la em casa. Os pais dela, que nada sabiam, ficaram assustados e, achando tratar-se de brincadeira de mau gosto, não acreditaram a princípio.

— O barão deve estar enganado, nossa filha não é quem o senhor está pensando – argumentou o pai da moça, em tom sério.

— Com todo respeito, senhor Ambrósio, eu sei quem é sua filha, a conheço bem e vim aqui pedir sua permissão para fazer a corte a ela.

— A minha filha é pobre, senhor barão, mal sabe ler e escrever, não tem educação refinada, o senhor deve estar encantado com sua beleza, mas com o tempo irá se cansar e a trocará por uma da corte.

— Pode ser verdade tudo o que disse, mas estou apaixonado por sua filha. Ela é muito inteligente, contratarei os melhores professores para que ela e seus irmãos estudem e, com o tempo, se torne uma mulher refinada, como o senhor mesmo diz. Portanto, se é essa a sua preocupação, ela já não existe mais. Outro fato é que sua família irá morar na Araruna, com mais conforto.

O pai da moça, convencido por tais argumentos, autorizou a corte à sua filha, e o barão ia visitá-la todos os dias. Dois meses depois, casavam-se na igreja de São Francisco de Assis, na cidade de Ribeirão das Pedras, distante uns quinze quilômetros da fazenda Araruna.

Logo veio o primeiro filho, que recebeu o nome de Alberto. Era uma criança forte e grande. Ruivo igual ao pai, tímido, falava pouco e, desde pequeno, demonstrou interesse pelos cavalos. Tinha diversos quadros que retratavam cavalos e, aos cinco anos, ganhou de presente do pai: um puro sangue árabe, no qual passava o dia a cavalgar.

Um ano depois nasceu o segundo filho do casal, que recebeu o nome de Benedito e se parecia mais com a mãe, com os cabelos bem escuros. De temperamento calmo, gostava de ficar horas trancado na biblioteca, lendo bons livros; tinha interesse na Medicina.

E dez meses depois nasceu Carlos, o terceiro filho do barão. Era totalmente diferente dos irmãos, tanto na aparência quanto na personalidade. De corpo franzino, quase esquelético, com pele parda e cabelos castanhos, nem parecia filho do barão. Carlos era extrovertido desde pequeno, começou a falar cedo e, com dois anos, já dominava perfeitamente a língua portuguesa. Costumava ser pego pelos cantos da fazenda fazendo discursos para uma plateia invisível, e por esses hábitos seus irmãos o chamavam de maluquinho. Alberto costumava dizer que Carlos ia ser advogado ou político, tal sua capacidade para a oratória.

Nesse período, Alice começou a sentir fortes dores no peito e muito cansaço. O barão mandou chamar o médico da cidade, que constatou que ela tinha um problema desconhecido no coração.

— Senhor barão, sua esposa tem um sopro muito grande no coração – comentou o médico.

— E isso é muito grave doutor?

— É, sim. Sua esposa deve ficar em repouso constante e evitar aborrecimentos.

— Ela corre risco de morrer?

— Não sei precisar isso. Precisaríamos de mais exames, mas não temos tais recursos no Brasil. Talvez na Europa...

— Iremos à Europa, então – afirmou o barão com convicção.

Um mês depois partiram para a Europa, na companhia do doutor Euclides, ficando as crianças aos cuidados das escravas da casa grande, e o capataz José como responsável pela fazenda.

Durante o período de quatro meses em que o barão ficou na Europa, José aproveitou para descontar nos negros toda sua fúria, represada durante anos. Maltratou e levou vários ao tronco, principalmente seus desafetos.

José, como quase todos os capatazes, era ignorante e arrogante, mas adorava a mulher negra. Quando gostava de uma, não ficava tranquilo enquanto não conseguisse dormir com a escolhida. Acontece que o barão proibia esses atos, principalmente se a mulher tivesse um pretendente negro. Na fazenda Araruna não existia a figura do negro reprodutor, como era comum nas fazendas do país, onde o negro mais bonito e principalmente forte e sadio era o escolhido e somente ele podia acasalar.

As mulheres negras não podiam ter maridos e principalmente filhos que não fossem do reprodutor, mas era comum acontecer dos fazendeiros se apaixonarem por algumas escravas. A consequência disso foi o surgimento dos escravos brancos.

José, no período de afastamento do barão, aproveitou para perseguir seus concorrentes e, com isso, ficar com as mulheres destes. Inventou mentiras e levou os negros ao tronco com violência. Como eles não estavam acostumados com torturas, após algum tempo, devido aos ferimentos, morreram. Com este gesto, José gerou o terror entre os escravos, que passaram a ceder às suas vontades. Os filhos do barão, principalmente o mais velho, Alberto, com quatro anos, ficavam indignados com as atitudes de José, mas nada podiam fazer a não ser aguardar a volta dos pais.

Em Paris, o casal consultou-se com médicos especialistas em cardiologia, ficando constatado que Alice tinha uma grave anomalia no coração, que em poucos anos poderia causar sua morte. Esse diagnóstico deixou Antônio desesperado, com a possibilidade da morte de seu grande amor. Alice, no entanto, ficou serena, aceitando o fato.

— Não precisa ficar aflito, Antônio, não vou morrer já. Garanto que esses médicos estão enganados, me sinto tão bem, aposto que vou morrer bem velhinha, junto a você.

— Assim espero, Alice. Não suportaria passar o resto da minha vida sem você – falou, comovido, quase em lágrimas.

— Não se preocupe, Antônio. Estou tão bem que, para provar, vou contar-lhe agora um acontecimento que iria falar apenas quando chegássemos de volta ao Brasil.

— Que acontecimento é esse, Alice? Vamos, conte-me logo, quer me matar de susto – falou aflito.

— Antônio, acho que estou grávida outra vez.

— Não é possível, você não pode, o médico disse...

— Esses médicos não sabem de nada – interrompeu Alice.

— Espero que não – suspirou Antônio.

— Não está feliz?

— Claro que estou, Alice. Apenas um pouco preocupado com o seu estado de saúde.

— Eu estou tão feliz, acho que dessa vez será uma menina, a quem irei chamar de Laura.

— Laura! Por que esse nome?

— Esse era o nome de uma amiga muito querida, que eu tinha quando criança. Ela morreu com sete anos, vítima de pneumonia e, por causa da pobreza de sua família, nem caixão teve. Foi enterrada como indigente, enrolada em sacos.

— Você gostava muito dela, creio.

— Éramos como irmãs, brincávamos de casinha e, como não tínhamos brinquedos, improvisávamos. Éramos felizes. Depois de sua morte, prometi a mim mesma que, quando casasse e tivesse uma filha, colocaria o nome de Laura, em homenagem a ela.

— Então está decidido, se for menina, vai chamar-se Laura.

Retornando ao Brasil, o barão, preocupado com a saúde de Alice, nem importou-se com o ocorrido na fazenda. Apenas chamou a atenção de José para que tais fatos não se repetissem mais. Os meses se passaram e a gestação de Alice corria normalmente. Quando chegou a hora, Laura nasceu perfeita, mas Alice sofreu complicações que pioraram muito seu estado de saúde. Com o passar do tempo, começou a ficar mais fraca, sentia vertigens prolongadas. Segundo o doutor Euclides, as vertigens eram provocadas porque o coração não tinha força para mandar o sangue até o cérebro de Alice, portanto ela deveria ficar em repouso absoluto, tarefa difícil para uma pessoa acostumada aos afazeres domésticos. Alice, sempre que sentia-se melhor, estava de pé, no comando da casa.

Só que seu estado piorava cada vez mais e, dois anos depois, Alice morreu.

Com a morte da amada, Antônio entrou em profunda depressão, deixando o comando da fazenda para José, que voltou a ter o poder e novamente começou a fazer atrocidades com os escravos, tudo debaixo das barbas do barão, que não demonstrava reação aos fatos. Ficava somente a lamentar-se da vida.

O tempo passou, seus filhos cresceram e passaram a tomar conta da fazenda, mas a Araruna não era mais a mesma. Problemas crônicos com a lavoura do café estavam provocando grandes prejuízos, muitos escravos fugiram. Esses problemas quase levaram a fazenda à falência, mas com grande habilidade para os negócios, Alberto conseguiu salvá-la do pior. O filho estava, porém, decepcionado com o pai, que nunca recuperou-se totalmente do trauma da morte de Alice.

Passados quatro anos, o barão começou a demonstrar alguma melhora, mas o grande teste ainda estava por vir. Alberto e Benedito, seguindo o mesmo caminho de outros jovens da época, alistaram-se no exército, para lutarem na Guerra do Paraguai. A luta já estava quase no fim, e o imperador solicitou a ajuda de todos os jovens brasileiros para a campanha final. Antônio no começo foi contra, mas rendeu-se à vontade dos filhos. Na partida deles, sentiu uma grande fraqueza, ficando acamado por três dias. Pesadelos não o deixavam dormir. Pressentia o trágico destino de seus filhos.

Os dois foram incorporados em comandos diferentes. Benedito foi ser enfermeiro e Alberto, oficial no *front*. No começo, tudo correu bem. O exército paraguaio estava se recompondo e as batalhas eram raras, mas isso durou pouco. No segundo mês de luta dos filhos do barão, os paraguaios iniciaram uma grande reação, rechaçada pelo exército brasileiro, mas muitos soldados brasileiros e paraguaios morreram nessas batalhas. Benedito morreu quando sua barraca-hospital foi atingida por uma granada de canhão. Alberto, que estava em outra região, nem ficou sabendo que o irmão estava morto. Pouco tempo depois, foi ferido gravemente nas costas, tendo o projétil perfurado o pulmão e diversos vasos sanguíneos, causando uma grande hemorragia interna, vindo a morrer logo em seguida.

O general Caxias, comandante das tropas, ao saber que os dois irmãos eram filhos do ilustre barão de Araruna, designou comitiva encarregada de entregar os corpos dos soldados, juntamente com uma carta de elogios e medalhas aos dois combatentes, pessoalmente ao barão e, junto à família, enterrar os dois heróis com honras militares. O enterro foi feito no cemitério de Ribeirão das Pedras, e toda a cidade acompanhou o sofrimento do barão.

Dois anos depois o barão ainda não tinha se recuperado do trauma da perda de seus dois filhos. Ainda apresentava palidez e desânimo, estava desligado dos negócios da fazenda. José passou a comandar os negócios, com Carlos apenas acompanhando de longe, pois não tinha o menor talento para o trabalho na roça. José aproveitava a situação e roubava do patrão tudo o que podia. Carlos estudava em casa, com um professor que vinha três vezes por semana de Ribeirão das Pedras. No entanto, por alguns dias, o professor, com problemas particulares, não pôde ir até a fazenda para as aulas, e Carlos teve que ir até a casa do mestre para recebê-las. Na terceira aula da semana, enquanto seguia tranquilamente pela estrada, seu cavalo assustou-se com uma cobra no meio do caminho. Carlos caiu do cavalo, quebrando o pescoço, e morreu na hora.

O barão entrou em depressão profunda. Não sabia o motivo de tanta desgraça na sua vida. Não se alimentava direito e passava os dias sentado em uma cadeira de balanço, na varanda do casarão, com o olhar fixo no horizonte. Parecia ter envelhecido vários anos, após a morte dos filhos. Somente o amor de Laurinha o fazia reagir de vez em quando. Laurinha ainda era uma criança com oito anos, gostava de brincar de casinha com as filhas dos escravos; passavam horas brincando. Dinda era quem cuidava de Laurinha e estava sempre a socorrê-la, quando suas traquinagens resultavam em machucados ou doenças.

Passaram-se quatro anos desde a morte trágica de Carlos. Com o carinho de Laurinha, o barão recuperava-se lentamente. Começou a retomar a rotina da lida na fazenda e sua saúde física melhorava dia a dia.

O tempo passou, o barão recuperou-se, parecia ter esquecido a tragédia que foi sua vida. A fazenda voltou a apresentar a formosura dos bons tempos, apesar dos lucros terem diminuído. O barão voltou a sorrir, sempre cercado dos mimos da filha, agora uma moça vistosa e bela, muito parecida com a mãe. Recusara a corte de diversos jovens, só para ter mais tempo a cuidar do pai.

No entanto, quando tudo parecia ter voltado à normalidade, o "destino" novamente impôs um penoso teste ao barão. No dia fatídico, Laurinha acordou cedo, indo passear pelo jardim, aproveitando o fraco sol da manhã.

Cantarolando alegre, nem percebeu que adentrara no bosque da fazenda. De repente e sem perceber, foi picada por uma jararaca. Laurinha soltou um grito de horror e medo e, mesmo com muita dor, correu para casa, gritando e pedindo ajuda. Logo foi socorrida por escravos, que a conduziram para seu quarto, já meio desfalecida. Foi a maior correria pela fazenda. Levaram-na correndo para a cidade, mas o médico não pôde fazer muita coisa, visto não ter o soro antiofídico. Tentaram um tratamento alternativo com ervas e sanguessugas, que não deu resultado. Um dia depois, ela morreu.

Para Antônio Duarte, era o maior de todos os castigos. Sentia-se sozinho e velho. Para complicar ainda mais sua situação, um ano depois de toda essa tragédia, veio a abolição da escravatura e um grande remorso tomou conta dele. Atribuiu à sua ganância o castigo que recebera de Deus e, como agora não tinha herdeiros naturais, não queria deixar suas terras para o imperador, que transformara-se em traidor e inimigo dos grandes fazendeiros. Mandou dividir sua fazenda em pequenos lotes de 10 hectares e doou para os seus ex-escravos.

O barão mudou-se para a casa que tinha em Ribeirão das Pedras. Lá vivia com uma ex-escrava que o acompanhou como sua enfermeira, já que estava muito doente. Dinda era muito dedicada, cuidou de Laurinha desde recém-nascida e sempre foi uma espécie de enfermeira, na fazenda do barão. Desde os tempos de criança, sua mãe lhe ensinara os segredos das ervas medicinais, de como fazer as infusões com várias plantas ou cremes para tratar feridas. Com todos esses conhecimentos, tomou assento na casa grande da fazenda, socorrendo a família do barão e a todos os escravos que ficavam doentes. Seu grande remorso era não ter conseguido salvar Laurinha. Tentou de tudo, chás com diferentes plantas e cremes no local da picada, mas nada adiantou. Dinda se culpava pela morte da moça. O barão, porém, não a recriminava, mas nunca disse isso a ela.

Antônio sentia certo arrependimento por nunca ter falado a Dinda que ela não era culpada pela morte de Laurinha, mas seu orgulho ainda imperava, impedindo-o de dizer. Dinda passava noites em claro, velando o barão com toalhas e chás para amenizar sua febre. Contudo, seu esforço era em vão. Ele piorava a cada dia, e o médico não sabia mais o que fazer. Chamando Dinda num canto da casa, falou:

— Ele está muito mal, Dinda. Acho que não passa dessa noite.

— Meu Deus! O que vamos fazer?

— Acho que devemos chamar o padre e aguardar.

Dinda correu chamar o padre para dar a extrema-unção ao barão. Nesta mesma noite, ele morreu.

Capítulo 3

O *retorno*

Passado algum tempo, o barão caminhava pelas ruas da cidade, meio atônito. Ficou admirado ao notar que as pessoas não percebiam a sua presença. Procurava aproximar-se e puxava conversa, mas as pessoas o ignoravam. Triste, começou a caminhar a esmo pela cidadezinha. Foi quando parou em frente a uma bonita casa de madeira de dois pavimentos. Na frente da casa tinha um enorme jardim gramado, com um lindo chafariz. Ficou ali observando e pensou:

— Coisa estranha, todas essas pessoas estão entrando e saindo de minha casa, são minhas conhecidas, no entanto elas nem percebem minha presença. Por que será que estão todas de negro? Será um velório? Quem será o velado?

Confuso com a situação, Antônio resolveu entrar na casa e ver quem estavam velando. Quando chegou na sala principal, notou que uma negra chorava muito do lado do caixão. Meio tonto, não reparou quem era. Do outro lado um casal rezava baixinho uma Ave Maria, e outras pessoas acompanhavam a oração. Foi então que olhou para o rosto da mulher que chorava...

— Meu Deus, é a Dinda! Por que ela está chorando assim?

Foi então que Antônio criou coragem e olhou para o caixão. Levou o maior susto quando viu que o morto era ele.

— Não pode ser, eu estou vivo. Dinda, olhe para mim, eu estou aqui, vivinho, vocês não veem.

Aproximou-se de Dinda e tentou abraçá-la, mas não conseguiu. Foi então que ele caiu na realidade: estava morto. Agora era um espírito. Ficou tonto, não conseguia raciocinar direito, caminhou até uma cadeira e sentou-se. Estava cansado, sentia seu peito arder, sua cabeça doía, estava tremendo de nervoso, com medo. "Esses sintomas não são de pessoas mortas, são de pessoas vivas, mas ele estava morto. Como pode, meu Deus?", pensava, nervoso e confuso.

Dinda chorava copiosamente. Sentia-se culpada pela morte do barão, seus chás de nada adiantaram e agora ele estava morto. Junto a ela uma ex-escrava chamada Benedita, muito mais velha que ela e que conheceu o barão quando este era ainda uma criança, tentava acalmá-la.

— Minha criança, você não tem culpa, não fique se lamentando, que isso não faz bem nem a você nem ao falecido. Procure pensar em coisas boas, suas lágrimas não ajudarão em nada o barão.

Nesse instante, Antônio tentou abraçar Dinda. Ela sentiu um frio na espinha e instantaneamente tremeu. Sua amiga, sentindo, indagou:

— O que foi? Sentiu alguma coisa?

— Sim, um arrepio repentino, como que uma brisa fria me gelando o corpo.

— É ele! Ele está aqui.

— Ele quem? – perguntou Dinda, soluçante.

— O barão, ele está aqui e pelo jeito está próximo de nós.

— Como sabe?

— O arrepio que você sentiu, isso acontece quando um espírito passa perto da gente.

Dinda nada respondeu, somente parou de chorar e procurou acalmar-se. Conhecia Benedita e sabia que, nesses assuntos, ela não errava. Benedita era vidente e todos em sua comunidade a respeitavam.

Antônio, por sua vez, ficou ali sentado, tentando raciocinar sobre os acontecimentos. Nem notou, mas o tempo passou e chegou a hora do enterro. As pessoas se aglomeravam fora da casa. Quando fecharam o caixão, sentiu um mal-estar terrível e procurou correr para fora da casa, em busca de ar. Quatro homens se encarregaram de levar o caixão à carruagem fúnebre, que saiu lentamente em direção ao cemitério. O povo seguia atrás. Antônio seguiu junto. O corpo seria enterrado no mausoléu da família, onde fora enterrada sua mulher e seus filhos. O barão acompanhou tudo, mas no momento em que empurraram o caixão para dentro da gaveta ele passou mal, sua vista escureceu e ele desmaiou.

Quando o barão voltou a si, já estava tudo silencioso e era quase noite. Antônio ficou ali, sentado em cima de um túmulo, tentando ficar calmo, mas um medo muito forte foi tomando conta. Já estava escuro e ele começou a escutar choros e lamentações próximos dali. Muito assustado, se encolheu e começou a rezar baixinho. De repente sentiu um toque nas costas, olhou assustado para trás e levou o maior susto: um senhor bem idoso o olhava admirado. Antônio pensou em correr, mas não conseguiu. Suas pernas não obedeciam, tremia de medo.

— Não precisa ter medo, não vou lhe fazer mal – disse o velhinho.

— Quem é você? - perguntou Antônio, com voz trêmula.

— Meu nome é Allan, eu vivo aqui no cemitério.

— É o coveiro? - perguntou aliviado Antônio.

— Não, filho, sou um espírito como você. Não percebeu ainda que está morto?

Antônio baixou a cabeça e começou a chorar.

— Por que chora? - perguntou Allan.

Antônio nada respondeu.

Agora está livre, pode fazer o que quiser.

Antônio procurou acalmar-se e perguntou:

— Por que escuto este choro e estas lamentações? Estou com medo, podem ser espíritos do mal que estão vindo me buscar para me levar ao inferno.

— Calma, amigo, são apenas alguns desencarnados que como você ainda não perceberam seu estado e ficam a lamentar-se. Não tenha medo, o inferno como os padres falam não existe.

— E o diabo, existe? – perguntou com cara de assustado.

Allan deu uma grande gargalhada e respondeu:

— Você já viu o diabo?

— Não! Nem quero ver.

— Você nunca viu e nunca verá, a não ser que queira, pois o diabo é coisa da nossa imaginação.

— Não sei não, estou meio tonto e com medo.

— Venha, vamos dar uma volta e você ver com seus próprios olhos.

Allan levou Antônio por um passeio pelo cemitério e, enquanto andavam, ele ia falando sobre os espíritos que ali estavam.

— Veja, todos esses seres estão atordoados como você, todos pensam que estão vivos e não percebem sua realidade atual. Ficam a vagar pelos lugares que acham que ainda lhes pertence, ou ficam parados em frente aos seus túmulos, chorando e lamentando a vida, como se isso os ajudasse.

— Sim, mas por que eles ficam assim? Não existe um lugar para onde se possa ir e ficar bem?

— Existe, mas eles não querem ir, já tentei levá-los várias vezes, mas eles não querem. Teimam em ficar junto de seus entes queridos ou de seus tesouros, que não podem mais tocar. Um dia, quando cansarem disso e perceberem que estão errados, irão comigo.

— Então você é um anjo que guia os espíritos para o céu?
— Sim e não – respondeu Allan.
— Como assim? Não consigo entender.
— Não sou um anjo, sou um espírito como você, mas que tenho uma missão, que é procurar levar os recém-desencarnados para um lugar em que serão bem cuidados.
— E eu sou o próximo, certo?
— Se você quiser ir.
— E quem me garante que você não é o capeta que está tentando me seduzir, e vai me levar para o inferno, hein?
— É sempre assim... – suspirou Allan.
— Engano seu, meu amigo, eu vou embora sozinho. Você não vai me levar para o inferno não, não vai mesmo.

Então Antônio se afastou, com os olhos esbugalhados de medo. Falando sandices, procurou fugir.

Allan, triste, voltou para o interior do cemitério e, num relance, sumiu.

Antônio, percebendo que ele foi de volta para o cemitério, parou de correr e começou a falar consigo mesmo:

— Pensou que me enganava, hein? Mas eu sou esperto, não vou me deixar enganar por um capeta meio burro e velho. Mas, onde estou? Preciso voltar para casa. Dinda deve estar preocupada.

Antônio então começou a vagar pela cidade, até chegar em casa novamente. Dinda estava em seu quarto. Ajoelhada ao lado da cama, rezava baixinho. O barão, chegando à porta da frente, pensou em bater, mas pensou: "esta é minha casa, não preciso bater". Foi entrando direto, parou instantaneamente ao ver que não podia pegar na fechadura da porta.

— Como sou burro, agora sou um espírito, posso atravessar paredes.

Mas ficou com medo...

— Será que conseguirei? Nunca fiz isso.

Então fechou os olhos e, num impulso, lançou-se para frente. Nem percebeu quando atravessou a porta. Feliz, pensou: "como é fácil!". Primeiro andou pelo andar de baixo da casa. Estava tudo no seu devido lugar e muito limpo.

— Dinda tem cuidado muito bem da casa.

Resolveu então subir para o seu quarto, estava cansado, pensou em dormir um pouco. Chegando lá, assustou-se com a arrumação do quarto. Tudo estava coberto por lençóis brancos. Procurou a cama e deitou-se. Fechou os olhos e procurou dormir, mas a oração que vinha do quarto ao lado não permitiu que dormisse. Incomodado, pensou em chamar a atenção de Dinda, que ele sabia estava naquele quarto, mas lembrou-se que ela não iria vê-lo. Enquanto Dinda apenas rezava, ele aguentou. Mas não demorou muito, ela começou a pensar no barão. Neste exato momento, ele sentiu um arrepio, como se fosse um frio. Sua cabeça começou a doer e começaram a aparecer em sua mente imagens do passado recente, em que ele maldizia Dinda. Aquelas imagens o incomodavam, seu remorso aumentava e ele, num impulso, foi para o quarto de Dinda, aos berros.

— Dinda! Dinda! Pare com isso, não aguento mais, pare!

Dinda nada ouviu, mas sentiu um calafrio, como se uma corrente de ar frio tivesse atravessado o quarto. "Seria a morte?", pensou. Benzeu-se com o sinal da cruz e deitou-se, parando de pensar no barão, que acalmou-se e retornou para seu quarto. Mas não conseguia dormir. Sonhos estranhos o incomodaram a noite toda.

Na manhã seguinte estava mais cansado do que na noite anterior e sentia um certo enjoo e tontura. Nisso, Dinda acordou e voltou a pensar no barão, pois todos os dias, assim que levantava, a sua primeira providência era preparar o café com leite e biscoitos para o desjejum dele. Agora não precisaria mais fazer isso. Levantou-se lentamente e foi para a cozinha. Antônio sentiu-se pior com Dinda pensando nele, mas não sabia por que ficava assim e, procurando fugir desses pensamentos, correu para fora.

Começou a caminhar pela cidade, viu vários amigos. Todos estavam apressados. Caminhou a esmo durante horas, visitou vários conhecidos, mas nada lhe chamou a atenção, até que começou a sentir aquele mal-estar novamente. Agora era mais forte, não eram pensamentos bons sobre ele, não era remorso que estava sentindo por alguém, agora era diferente. Começou a sentir raiva e a sensação aumentava. Ele não suportou mais, começou a procurar quem emitia tais pensamentos tão ruins. Saiu andando pela cidade, até que viu um grupo de homens dentro de um salão de chá. Eram eles que emitiam tais pensamentos. Aproximou-se e reconheceu-os: eram seus antigos funcionários, os três capatazes da fazenda.

— Canalhas! Diziam-se fiéis a mim, mas ficam aí pensando mal.

Resolveu se aproximar, para escutar o que conversavam:

— Aquela negrinha desgraçada ficou com a casa dele.

— Velho idiota, deixou tudo para aquela negrada e nós ficamos chupando o dedo.

— Será que ele passou para o papel a casa para a negrinha?

— Não sei – respondeu um deles.

— Duvido muito, ele estava muito mal quando veio para cá, não deve ter pensado nisso.

— Temos que verificar isso. Se for verdade que aquele unha de fome não passou a casa para a negrinha, vamos pedir ao juizado o nosso direito.

— Isso mesmo! – disse um deles.

— Meu Deus!, eu me esqueci desse detalhe e esses canalhas estão querendo a casa. Dinda vai ficar no olho da rua. Preciso dar um jeito, esses safados não podem conseguir isso, eles nunca fizeram por merecer.

Antônio, com muito esforço, conseguiu seguir os três homens, pois os mesmos continuavam a pensar maldades e ele sentia o mal-estar.

Logo adiante eles se separaram, e Antônio resolveu seguir o mais esperto de todos. Jerônimo era seu nome. Não foi o capataz chefe e Antônio nunca deu muita atenção para ele, pois o achava quieto demais e parecia meio burro, não entendia as ordens facilmente.

— Agora percebo como a gente se engana com as pessoas enquanto está vivo, lógico eu não podia escutar o que escuto agora!

Antônio voltou para casa. Dinda lavava a louça. Aproximando-se da moça tentou conversar com ela:

— Dinda! Escute, eu estou vivo.

Dinda sentiu um calafrio, mas pensou que fosse uma corrente de ar. Correu fechar a janela.

— Não, sua burra! Sou eu, o barão! – gritou, com gestos reprovativos e cheios de raiva. – Sei que você não me vê, mas será que não pode me escutar?

Então teve a ideia de colocar a mão na cabeça da moça, pensando em fazer uma ligação direta à cabeça dela.

— Acho que isso pode dar certo.

Aproximou-se e colocou a mão direita sobre a testa de Dinda. Nem começou a falar e a moça teve um mal súbito. Quase desmaiou.

- Meu Deus, hoje eu estou mal, primeiro os calafrios e agora uma dor de cabeça, estou até meio tonta, acho que vou fazer um chá e deitar, porque deve ser uma baita gripe que vem por aí.

O barão ficou triste e pensou consigo mesmo:

— Que besteira essas coisas que eu via os negros fazendo no terreiro, e diziam que eram os espíritos dos mortos que falavam por eles. É pura bobagem, e eu quase acreditava.

O barão, sem saber o que fazer, saiu e foi andar pela rua, tentando pensar em alguma coisa. Sem perceber, passou a caminhar a esmo. Levou um susto quando notou que estava no meio do cemitério, bem de frente a seu túmulo.

— Ah!, meu Deus, o que posso fazer para ajudar a Dinda? Se o Senhor puder me escutar, me ajude.

E, com o coração cheio de sinceridade, começou a chorar. Foi então que uma voz conhecida chamou sua atenção:

— Não precisa chorar, meu filho, seu pedido foi aceito. Deus sempre atende aos pedidos feitos com amor.

Antônio virou-se assustado e reconheceu Allan. Com certo desapontamento, falou:

— Ah!, é você, Allan. Que susto, pensei que era Deus falando comigo!

— E se fosse, o que você faria?

— Não sei – respondeu.

— Aposto que tentaria agradá-Lo.

— Talvez, mas você não é Deus, então como saber, não é mesmo?

— Como sabe que não sou Deus? Por acaso não sabe que Deus está nas coisas mais insignificantes e que Deus se disfarça de mendigo, para descobrir se temos bom coração? Você mesmo não falou que eu era o capeta tentando levá-lo para o inferno? Se sou o capeta, posso ser Deus também.

— Desculpe-me, Allan, agora sei que você não é o capeta, mas também não é Deus.

— É lógico que não sou! Estou aqui porque tenho uma missão, e sou tão incompetente que nem essa simples missão consigo concluir.

— É mesmo? Qual é a sua missão?
— É ajudá-lo.
— E por que não me falou isso antes?
— Eu falei, mas você não me deu ouvidos, lembra?
— Lembro, eu estava assustado.
— E agora está melhor?
— Estou, mas minha consciência não. Sei que fiz muitas maldades, por isso fiquei com medo que o diabo viesse me buscar quando morresse, mas passado o susto percebi que isso não existe. Agora o arrependimento toma conta de mim.
— Eu sei, mas isso não se resolve assim.
— Como sabe? – perguntou assustado.
— Antônio, uma das coisas que você deve aprender é que aqui, do outro lado, não adianta mentir. Nossos pensamentos são abertos, todos que têm certo desenvolvimento percebem o que os outros pensam, e isso é recíproco.
— Como assim? Eu não consigo perceber o que você está pensando, mas você sabe o que eu estou pensando. Como pode isto?
— Calma, você também poderá, só precisa treinar mais. Mas deixe isto de lado por enquanto, vamos ao seu problema.
— Tudo bem. Como eu posso resgatar o meu erro com a Dinda? Quero que ela fique com a casa na cidade.
— Bom, em primeiro lugar, não é assim que resgatamos nossos erros, mas podemos suavizá-los. Tenho uma proposta para você.
— Sou todo ouvidos.
— Eu lhe ajudo nessa empreitada e você vem comigo...
— Não! Não venha com essa conversa de novo.
— Calma, não vou levá-lo para o inferno, vou levá-lo para um hospital que fica numa cidade muito bonita, e lá você vai ficar bem melhor.

— Como posso confiar em você?
— Aí é que está a questão: você não tem escolha. Ou confia, ou fica aqui, sem saber o que fazer.
— Tudo bem, qual é sua ideia?
— Eu não costumo fazer isso, mas gostei de você. Talvez mereça o que vou fazer. Se me decepcionar, só será mais um a fazer isso.
— Não entendi. Como assim?
— Esqueça, são frustrações minhas, vamos ao que interessa. Você quer ajudar a Dinda, mas não sabe como fazer, não é mesmo?
— É isso.
— Bom, em primeiro lugar, você nunca vai conseguir falar com ela diretamente, mas existe outra maneira bem mais sutil, que ela vai perceber. Mas também vai ser de pouca utilidade, se só ela souber, entendeu?
— Não, explique melhor.
— Antônio, os encarnados são, por natureza, desconfiados com o sobrenatural. Sempre pensam no mal, em vez de pensarem que esses acontecimentos são para o seu bem. Você é prova viva disso.
— Sim, mas aonde quer chegar?
— Calma, deixe-me pensar.
Por alguns minutos pairou um silêncio angustiante entre os dois.
— Já sei !!! - gritou Allan. - Escute com atenção. A melhor maneira de um encarnado ouvi-lo é pelos sonhos. Então, você vai aparecer para a Dinda e vai explicar que quer que ela fique com a casa.
— Mas como? Não sei fazer isso.
— Calma, eu lhe ajudarei, só que ela sozinha não vai poder fazer nada. Então você vai até seu amigo Teodoro, que é advogado, e diz para ele ajudar Dinda a ficar com a casa. Só tem um problema...

— Ai, meu Deus, qual?

— Você tem que querer isso do fundo do seu coração, com todo o amor possível, senão eles não acreditarão no sonho e esquecerão o assunto.

— Não precisa se preocupar, Allan, eu quero isso do fundo do coração.

— Eu sabia que podia confiar em você!

— Então vamos lá – falou o apressado Antônio.

Os dois então seguiram em direção à casa de Antônio. Chegando, foram em direção ao quarto de Dinda, que dormia profundamente. Os dois se posicionaram, um de cada lado da cama. Allan falou para Antônio colocar a mão direita na testa de Dinda, e começar a pensar nela com carinho e amor. Enquanto Antônio fazia o que ele falara, Allan estendeu os braços sobre os dois e começou a orar baixinho. De repente o ambiente se viu envolto numa espécie de neblina, e Dinda, desprendida do corpo, apareceu. Os dois sentaram-se na beirada da cama, e Antônio perguntou:

— Dinda, você está bem?

Dinda, meio assustada, olha para o corpo, deitado num sono profundo. Depois olha para si mesma, tenta passar a mão no cabelo, mas ele se dispersa como fumaça, voltando ao normal logo em seguida. Depois passa a mão no seu corpo, e o mesmo acontece. Assustada, ela pergunta:

— Onde estou? Como vim parar aqui, seu barão? O senhor não está morto?

— Calma, Dinda, está tudo bem. Vim conversar um pouco com você. Estou vivo, a morte é apenas o fim de um capítulo da nossa vida, mas o livro ainda está longe de terminar.

Allan intervém na conversa:

— Antônio, o tempo é escasso, convém tratar logo do assunto.

— Quem é ele? – pergunta Dinda, quando percebe a presença de Allan.

— É um amigo nosso, está aqui para nos ajudar. Dinda, o tempo corre. Escute-me com atenção: eu quero que esta casa fique para você, está certo?
— Mas eu estou morando aqui.
— Eu sei, mas pessoas malvadas irão tentar tirá-la de você. Não deixe! Procure amanhã mesmo o senhor Teodoro, ele é meu advogado e irá ajudá-la, entendeu?
— Sim, entendi, mas por que o senhor está fazendo isto?
— Porque você merece, sempre esteve ao meu lado, sem nada pedir, como minha guardiã. Eu errei em não fazer nada por você, meu egoísmo não deixou. Agora minha consciência pesa.

Dinda, comovida, abaixa a cabeça e começa a chorar, agradecida.

Allan faz um sinal a Antônio, para que ele encerre a entrevista. Allan auxilia Dinda a retornar ao corpo, suavemente. E os dois saem em direção à casa de Teodoro. Chegando lá, um mal-estar toma conta do ambiente. Sombras pesadas esgueiram-se pelos cantos. Ambos passam por elas sem serem vistos. Chegando ao quarto, uma cena horrenda assusta Antônio.

— Meu Deus, quem são?
— Espíritos malignos, que cercam seu advogado.
— Mas por quê?
— Ele deve ter muitas dívidas com essas pessoas, que por vingança ficam a cercá-lo, minando suas boas intenções e suas forças. Quando ele estiver fraco, tentarão acabar com ele, fazendo com que venha a sofrer junto deles.
— Mas Teodoro é um homem bom, eu o conheço bem.
— Em primeiro lugar, o que a gente conhece quando encarnado é apenas a máscara externa, o íntimo de cada pessoa nos é estranho. Em segundo lugar, você não conhece o passado das pessoas, não sabe o motivo de sua amizade, simpatia ou antipatia.

— E agora, como faremos? Eles cercam a cama de Teodoro.

— Sem problema, como você mesmo falou, eles cercam a cama, não Teodoro. Se aproxime e faça o mesmo que fez com Dinda, eu lhe ajudarei.

Antônio se aproximou, colocou a mão na testa de Teodoro e pensou firmemente, enquanto Allan, estendendo os braços, começou a orar, pedindo a Deus que protegesse aquela alma do mal. Logo o espírito de Teodoro aproximou-se e, reconhecendo o barão, assustou-se.

— Meu Deus, você está morto! O que faz aqui, veio me assombrar?

— Calma, Teodoro. Vim aqui pedir um favor, preciso de sua ajuda.

Nesse instante Allan, vendo que Teodoro estava muito agitado, passou a aplicar-lhe passes relaxantes, e este acalmou-se.

— O que posso fazer pelo senhor, barão? Está morto. Como posso ajudá-lo?

— Teodoro, amanhã Dinda irá procurá-lo, pedindo orientações sobre como proceder para ficar com a casa da cidade. É minha vontade que ela fique com a casa, peço-lhe que a ajude nesse caso.

— Farei o que puder, barão.

— Obrigado, amigo!

Encerrando a entrevista, Antônio procurou com cuidado reconduzir Teodoro ao seu corpo. Após alguns minutos, observou que os espíritos malévolos não estavam mais presentes, e perguntou a Allan:

— Não percebo mais a presença daqueles espíritos maus. O que aconteceu com eles?

— Enquanto conversava com Teodoro, notei que ele estava ansioso e temeroso. Talvez sentisse a presença malévola dos seus perseguidores, e isto poderia prejudicar sua entrevista. Portanto, passei a aplicar-lhe passes relaxantes. Com eles, os espíritos notaram a nossa presença e, assustados, fugiram. Mas essa trégua é temporária, amanhã eles estarão a perseguir Teodoro novamente.

Terminada a jornada de sonhos, foram embora. Allan voltou para o cemitério e Antônio foi para casa, sentou-se na poltrona da sala e dormiu. No outro dia acordou com o cantarolar de Dinda, que estava alegre e sorridente. Isto deu forças ao barão, que pensou ter dado certo o trabalho do dia anterior, mas o tempo foi passando e Dinda não saía de casa para ir falar com o advogado.

— O que teria acontecido? É lógico que ela esquecera do sonho.

Antônio sentiu-se culpado, não fez com amor, como Allan havia lhe dito. "Só podia ser isso", pensou. Saiu então à procura de Allan, no cemitério. Procurou, mas não achou o amigo. Mas, enquanto retornava triste, observou que Dinda saía de casa. Passou a segui-la e seu coração encheu-se de alegria, ao ver que ela seguia para a casa de Teodoro.

Chegando à casa de Teodoro, Dinda pediu uma audiência com o doutor. Chamada para a sala de escritório, foi atendida pelo advogado com frieza. Sentando-se em uma poltrona enorme, sentiu um mal-estar no ar. Ficando nervosa, não conseguia transmitir o motivo da visita.

— Então, senhorita Dinda, qual o motivo de sua visita?

— Não sei, doutor. Estou tão nervosa, que acabei esquecendo o motivo.

— A senhora não sairia de sua casa para vir até aqui, sem um motivo, não é mesmo?

Teodoro, sem querer, lembrou Dinda do motivo, quando falou "a senhora não sairia de sua casa". Ela lembrou-se do motivo: a casa.

— Sabe o que é, doutor Teodoro, eu tive um sonho

esquisito essa noite, sonhei que o barão veio me visitar e disse que queria que eu ficasse com a casa da cidade, e me mandou vir conversar com o senhor.

— E a senhorita acredita em sonhos? Ora essa, dona Dinda, eu tenho mais o que fazer do que ficar ouvindo sandices.

— Mas doutor, com sonho ou sem ele, eu não tenho direito à casa?

— Se o barão deixou em testamento o seu nome como herdeira da casa, sim, se não deixou, não tem direito a nada.

— É que eu pensei que...

— Não é porque a senhora mora lá que é a dona do imóvel. Aliás, acho bom a senhora procurar rapidamente outro lugar para morar, pois os verdadeiros herdeiros logo se apossarão da casa.

— Mas eu vou para onde?

— Bom, minha cara, isso eu não sei – e, levantando, despediu-se da moça.

Dinda, meio tonta, saiu sem entender nada. Ela tinha sonhado com o barão, este garantiu a ela a casa e mandou procurar o senhor Teodoro. Agora este não demonstrou o menor interesse pela sua causa e, ele tinha razão, quando disse que era bom ela começar a procurar outro lugar para morar. O que ela devia fazer agora? Meio desnorteada, voltou para casa, deitou-se em sua cama e começou a chorar, copiosamente.

Antônio, vendo tudo aquilo, não acreditava no que o amigo fizera. Não adiantou nada o trabalho do aviso em sonho. O que aconteceu? Começou a culpar-se pelo ocorrido e, nesse instante, uma voz cortou seus pensamentos:

— Nem sempre as coisas acontecem como a gente prevê, não é mesmo?

— Allan! Onde estava? Fui procurar e não o encontrei.

— Eu tenho outros afazeres, meu caro amigo.

— Tudo bem. Como vê, nosso trabalho não deu certo. Nada aconteceu! Eu tinha esperança que Teodoro fosse ajudá-la.

— Meu amigo, esqueceu que Teodoro tem um caráter fraco? Os espíritos que o rodeiam conseguiram bloquear seus pensamentos, e ele não lembra de sua recomendação.

— Por que ele é um fraco? Se quisesse, não deixaria se envolver, não é mesmo?

— Isso mesmo. Mas, como disse a você, nós estamos presos ao nosso passado, e é muito difícil nos desvencilharmos dele.

— E agora, Allan, o que vai ser de Dinda?

— O futuro dela não vai ser fácil, mas esse é o resgate que ela tem que passar. Você teve a chance de suavizar esse resgate, mas não o fez. Errou também, mas agora não pode fazer mais nada. Logo terá a chance de ajudá-la novamente.

— Isso não é justo, meu Deus!

— Não é justo para ela ou para você? Se está com peso na consciência, pense que seu erro já foi cometido e que, se não quisesse que isso acontecesse, deveria ter feito justiça enquanto podia. No entanto, não o fez. A responsabilidade pelo mal que ela vai passar é sua, mas agora não adianta chorar. Vai chegar a hora em que você irá resgatar esse erro, por enquanto deve me seguir, conforme combinamos.

— Mas o combinado era ajudarmos Dinda, e isso não aconteceu.

— Antônio, Antônio, parece um garoto mimado. Não gosto de discutir esses assuntos, mas já que insiste, em primeiro lugar eu prometi ajudá-lo a se comunicar com Dinda e Teodoro, e isso aconteceu. Em segundo lugar, como já disse antes, você não alcançou sucesso porque o erro advém do passado, e isso não tem conserto imediato. Em terceiro lugar, você já está crescido o bastante para decidir por si mesmo; se quiser me seguir, ficarei feliz, se não quiser, a escolha é sua. Não posso fazer nada.

— Desculpe-me, Allan. Eu me acostumei muito mal e ainda acho que posso fazer tudo. Vamos, eu lhe seguirei.

Allan suspirou aliviado, afinal não podia deixar seu grande amigo na Terra perdendo mais tempo do que já perdera. Pegou em seu braço e seguiram em direção ao sol poente.

Antônio, que tudo observava, de repente começou a sentir uma tonteira. Seus olhos embaçaram, seus braços e pernas amoleceram e, sem que notasse, adormeceu.

Capítulo 4

O *novo lar*

Quando acordou estava em uma cama de solteiro, muito parecida com aquelas camas de hospital. O quarto era muito grande, com diversas camas iguais à dele, em fileiras minuciosamente alinhadas. As paredes tão brancas, que chegavam a brilhar. O silêncio só era interrompido por gemidos de dor, que vinham de algumas camas lá do fundo. Antônio tentou levantar-se, mas não conseguiu. Suas pernas ainda estavam dormentes e sua cabeça doía um pouco. Nesse instante uma senhora de semblante sereno, toda de branco, aproximou-se de sua cama e falou em tom sereno:

— Você ainda não está bom, deite-se que logo vai poder levantar.

— Quem é a senhora?

— Meu nome é Maria, sou voluntária aqui nessa enfermaria.

— Então estou num hospital, que bom! Pensei que tivesse morrido, mas pelo jeito os médicos conseguiram me salvar.

— Deite-se, o senhor precisa descansar.

Antônio obedeceu e voltou a dormir. Quando voltou para o seu posto, a bondosa enfermeira encontrou o médico responsável pela enfermaria e comentou com ele o ocorrido.

— Coitado, ele pensa que está na Terra, que foi salvo pelos médicos de lá.

— Faça com que ele descanse mais um pouco, no momento certo irei falar com ele.

Passaram-se alguns dias e Antônio teve melhoras significativas. Com isso, começou a desobedecer a enfermeira. Queria de todo jeito levantar e sair do hospital. Foi então que o médico responsável veio falar com ele.

— Antônio, tenha calma, você logo receberá alta.

— Quem é você?

— Sou o responsável por esta enfermaria, meu nome é Mateus.

— E quando isso vai acontecer amigo, estou louco para voltar para casa.

Mateus olhou para Maria, e Antônio logo percebeu que alguma coisa estava errada.

— O que está acontecendo? Eu quero uma explicação!

Mateus procurou acalmar Antônio, ministrando-lhe passes energéticos, enquanto Maria orava, pedindo ajuda aos seus mentores. Mateus então explicou a Antônio o que estava se passando:

— Antônio, tenha calma, pois nem tudo é o que se parece. Quero dizer, parece que você está num hospital normal, mas esse em que você se encontra é especial. Você está aqui se recuperando da sua passagem para o mundo dos espíritos. Puxe pela sua memória e você se lembrará de como veio para cá.

Antônio, meio atordoado, procurou lembrar-se dos acontecimentos passados. Aos poucos foi lembrando e contou para Mateus e Maria.

— O último fato que lembro foi Allan me segurando pelo braço. Seguimos na direção das nuvens. No caminho fui ficando tonto e adormeci, acordando aqui.

— É, tudo confere, menos uma coisa, essa entidade que te trouxe, você falou que era um velhinho muito bondoso, que se chamava Allan, não é mesmo?

— Sim, ficamos amigos.

— É que eu não conheço ninguém com esse nome e essa aparência, aqui na colônia Recomeçar – comentou Mateus, com ar desolado.

— Bem, pelo menos foi o nome que ele me disse – retrucou Antônio.

— Tudo bem – disse Maria. – Seja quem for, fez bem em trazê-lo para cá. Aqui você se recuperará e será feliz, assim como nós. Agora deite-se e descanse. Amanhã será um dia muito agitado para você, e precisa estar disposto.

Antônio, bem mais calmo, obedeceu e logo adormeceu, Mateus e Maria ficaram curiosos para saber quem teria trazido aquele espírito, até que evoluído, para a colônia, uma cidade-hospital para espíritos com muitos problemas e cura demorada.

No dia seguinte, Antônio sentia-se leve e feliz, mas uma dúvida pairava em sua mente: quem o teria trazido para este hospital? Nesse instante, Mateus e Maria aproximaram-se e notaram a boa disposição do enfermo.

— Pelo jeito você está bem disposto, hein! – comentou Maria.

— Estou me sentindo tão leve!

— Tenho ordens para levá-lo para sua nova casa, se quiser me acompanhar.

— Claro, já estou levantando. – Nisso percebeu que estava de pijama e não tinha roupas, pois seu armário estava vazio. Maria interveio, dizendo que não se preocupasse, pois em sua nova casa iria encontrar as roupas que necessitasse. Mateus pegou Antônio pelo braço e saíram em direção à porta principal do hospital.

Lá fora a claridade do ambiente ofuscou a vista de Antônio.

— Meu Deus! Que luz forte, não consigo enxergar nada.

— Espere um pouco e logo se acostumará – comentou Mateus.

Passados alguns instantes, Antônio voltou a enxergar e ficou extasiado com a beleza do lugar. O hospital ficava de frente para uma praça cheia de árvores frondosas, de um verde diferente. No centro da praça, quatro bancos dispostos em forma de cruz, cada banco marcava um caminho, como se fossem os quatro pontos cardeais. Chegando ao centro da praça, Mateus sentou-se em um dos bancos, com Antônio seguindo seu gesto.

— Por que paramos? – perguntou Antônio.

— Pensei em relaxarmos um pouco. Feche os olhos e tente captar as energias do ambiente.

Antônio estava ansioso para chegar na nova casa, mas aceitou o conselho de Mateus. Acomodou-se melhor no banco, que parecia ser de madeira. Fechou os olhos e concentrou-se. Começou a ouvir um leve cantar de passarinhos. Respirando profundamente, sentiu um aroma suave de jasmim. Ou seria violeta? Não conseguiu identificar. Uma calma invadiu sua alma e suas forças aumentaram. Sentiu-se feliz e renovado.

Após alguns minutos nesse êxtase, Mateus o despertou.

— Antônio, toda vez que sentir que está cansado e sem forças, venha para esta praça e faça essa meditação, que você restaurará suas energias.

— Realmente esse lugar é restaurador. Sinto-me recarregado de energia.

— Então vamos em frente – disse Mateus.

— Vamos.

— Já ia me esquecendo: essa é a praça da força e o marco central da colônia. Daqui podemos ir para qualquer canto da cidade.

— Ela parece uma grande encruzilhada – disse Antônio.

— E é. O norte nos leva à vila de casas dos habitantes da colônia, o sul nos leva para o portão de entrada da cidade, o leste para a biblioteca e anfiteatros e o oeste para o hospital.

— Nossa, assim falando, parece que a colônia é bem pequena.

— Ela realmente não é grande. Conheço outras bem maiores. Mas a principal função da colônia Recomeçar é recuperar espíritos enfermos e encaminhar estes para as suas cidades natais, portanto nossa colônia tem poucos habitantes fixos. A maioria dos lares é reservada para os enfermos concluírem sua recuperação. Em compensação, o hospital é o maior de toda a nossa região.

— Fale-me mais da cidade, Mateus.

— Infelizmente não posso, Antônio. Em outra ocasião poderei levá-lo para conhecê-la. Por enquanto, devemos ir, pois já estamos atrasados e preciso voltar para as minhas atividades no hospital.

Os dois seguiram para o norte, em direção à vila. Lá chegando, Antônio reparou nas casas dos moradores. Eram simples, bem pintadas de cores diversas, e os jardins de todas eram muito parecidos, com uma entrada central cercada de grama bem aparada. Não existia cerca dividindo os lotes. Andaram mais uma quadra e aproximaram-se de uma casinha de cor azul claro e porta branca. Mateus bateu à porta. Alguns instantes depois um jovem atendeu.

— Como vai, Júlio? – perguntou Mateus.

— Estou bem. E você, Mateus?

— Muito bem, obrigado. Estou aqui por que fui encarregado de apresentar a vocês o novo hóspede da colônia.

— Como vai, Antônio? Estávamos à sua espera.

— Estou bem, mas como você sabe o meu nome?

— Fomos informados de sua chegada. Mas vamos entrar.

Quando entraram, Antônio reparou como as casas eram realmente simples. Ela era composta de quatro peças. Uma sala apertada, com apenas três cadeiras. Da porta principal podia-se ver as outras três portas dos quartos, que tinham uma cama de solteiro, uma escrivaninha com cadeira e um armário de duas portas. A cama era composta apenas de um travesseiro, colchão, lençol branquíssimo e sobrelençol. Tudo realmente muito simples, mas impecavelmente arrumado.

— Esse será o seu quarto – disse Júlio. – O quarto ao lado é o meu e o outro é de Rafaela, que infelizmente teve que atender com urgência a um chamado e não pôde ficar para recepcioná-lo, Antônio.

— Bem, Antônio, amanhã volto para visitá-lo.

— Obrigado pelo que fez, Mateus – agradeceu Antônio.

Mateus retirou-se e Júlio acompanhou Antônio até o quarto.

— Obrigado, Júlio, mas preciso saber de umas coisinhas.

— No que eu puder ajudar.

— Primeiro: como consigo roupas. Estou apenas de pijama.

— Ah! Suas roupas novas estão no armário. Não são as que você está acostumado a usar, mas são bonitas.

Antônio abre a porta do armário. Suas roupas estão minuciosamente arrumadas e ordenadas, não são as dele, realmente. São simples conjuntos de calça, camisa e jalecos brancos.

— E as blusas e sobretudos, onde estão?

— Antônio, você não vai precisar destas roupas aqui.

— Não?

— Não te explicaram?

— Que eu me lembre, não.

— Deixa que eu explico: aqui você não terá mais a necessidade material que tinha antes. Não sentirá frio nem calor, não precisará alimentar-se, beberá apenas água fluídica e até mesmo dormir, com o tempo, você verá que não será preciso.

— Realmente faz dias que não sinto fome, apenas sede.

— Como vê, em cima de sua escrivaninha tem uma jarra de água fluídica e um copo. Pode servir-se à vontade.

— E quando ela estiver vazia, como faço?

— Ela nunca estará vazia. Toda vez que sentir vontade ela se renovará sozinha.

Antônio chegou perto da jarra e a tocou para ter certeza que era de verdade. Parecia com aquelas jarras de cristal importado da sua casa na Terra. Quando tocou, sentiu a resistência do material, mas não era fria como as que conhecia, e sim morna como o ambiente. Colocou um pouco de água no copo, feito do mesmo material que a jarra. A água era muito semelhante à da Terra, cristalina, quase transparente e quase não pesava nada. Sorveu o líquido do copo e depois repetiu mais uma vez.

— Que estranho, a água quase não mata a minha sede, mas me dá uma energia – falou Antônio.

— É que essa água não é igual à da Terra, que mata nossa sede física, essa é a nossa recuperadora de energia. Toda vez que estiver cansado e fraco, tome água e você recuperará suas forças. Agora vou deixá-lo a sós, deve estar cansado. Tente repousar um pouco, amanhã conversaremos mais.

— Obrigado, Júlio.

Júlio saiu. Antônio deitou-se e logo em seguida adormeceu, só acordando no dia seguinte. Ao acordar, reparou que o sol já brilhava alto. Apressou-se, pois não estava acostumado a levantar tarde. Saindo do quarto, reparou duas pessoas na sala. Júlio e Rafaela estavam sentados, conversando animadamente. Quando perceberam Antônio, convidaram-no a sentar-se com eles.

— Bom dia, Antônio! Venha, sente-se aqui com agente.
— Bom dia. Que horas são? O sol já está alto.
— Ainda é cedo – respondeu Júlio.
— Eu devo estar muito cansado mesmo, pois não costumo acordar tão tarde assim. Normalmente eu acordava antes do sol nascer.
— Você está se recuperando, é normal que isso aconteça – comentou Rafaela.
— Oh, sim! Me perdoe, Antônio, eu ainda não apresentei a nossa amiga. Essa é Rafaela. Rafaela, esse é Antônio, ele vai ficar com a gente até restabelecer sua saúde completamente.
— Satisfação em conhecê-lo.
— Igualmente – respondeu Antônio, ainda surpreso com a beleza de Rafaela.

Realmente Rafaela era de uma beleza singular, de pele branquíssima, cabelos pretos e longos que iam até a altura dos ombros, olhos azuis e um rosto angelical. Deixava qualquer um de boca aberta. Antônio pensou que Rafaela fosse uma senhora. Já se surpreendera com Júlio, que era bastante jovem. Agora outra pessoa jovem. Só ele era velho na nova casa.

— Você está bem? – perguntou Rafaela para Antônio.
— Estou... Só estava pensando: por que me colocaram para morar com um casal tão jovem? Vou só atrapalhar a vida de vocês.

Os dois jovens se entreolharam sorrindo, e esclareceram:
— Antônio, sente-se aqui que iremos conversar sobre isso com você – comentou Júlio.
— Quer um copo de água? – perguntou Rafaela.
— Acho que vou aceitar.

Antônio sentou-se na terceira cadeira, tomou rapidamente dois copos de água e disse:

— Pronto, sou todo ouvidos, podem começar.

Júlio perguntou para Rafaela se ela queria começar, e ela disse que poderia ser ele, visto que tinha mais conhecimento de causa do que ela.

— Antônio, em primeiro lugar, não somos assim tão mais jovens que você. Pelo contrário, acho que somos bem mais velhos...

Antônio, interrompendo Júlio, perguntou:

— Como! É só olhar para vocês e qualquer um notará a diferença de idade!

— Nem sempre o que vemos é a luz da verdade. Acontece que qualquer espírito pode ter a aparência que quiser, é só pensar na forma que mais lhe agradar e você ficará como quer. Logicamente isso leva tempo para aprender a controlar, é preciso ter um equilíbrio mental e, sobretudo, pensamento evoluído para conseguir tal modificação em seu perispírito. Você também poderá efetuar essa mudança, só precisa melhorar sua condição de pensamentos e logo poderá ser aquele jovem que foi em alguma encarnação passada.

— Normalmente escolhemos a aparência de nossa última encarnação, visto que às vezes não conseguimos olhar para outras existências, devido a nossa pouca evolução. Normalmente, a aparência jovem da última encarnação ainda está bem forte em nossa lembrança – comentou Rafaela.

— E quanto a nos atrapalhar, Antônio, aqui não existe casamento, portanto não somos casados. Somos apenas bons amigos que têm objetivos comuns.

— Quando vim para esta casa, o Júlio já estava aqui. Ele morava com dois rapazes que retornaram para a Terra em mais uma encarnação. E agora, dois meses depois, veio você – ponderou Rafaela.

— Quer dizer que você está aqui há dois meses? E você, Júlio?

— Estou aqui já faz um ano. Logo serei transferido para outra colônia. Tudo vai depender da necessidade dos meus serviços aqui.

— Outra coisa que gostaria de saber: quando vou começar a trabalhar? Não consigo ficar parado, desde pequenino peguei no cabo da enxada.

— Sabemos disso, Antônio, mas aqui o trabalho é diferente. Não precisamos produzir os bens que depois iremos usar, aqui nosso único trabalho é com os outros ou com nós mesmos – esclareceu Júlio.

— Como assim?

— Aqui nessa colônia existem dois tipos de serviço, ou atendimentos, como chamamos: atendimento aos necessitados, como ocorreu com você, e atendimento a nós mesmos, que é ficarmos estudando, nos preparando para novas encarnações, buscando nossa evolução.

— Quer dizer que a gente volta para a escola?

— Mais ou menos. Aqui existem cursos para qualquer coisa que você queira aprender. Por exemplo, ficar com aparência de jovem. Lá você vai aprender a controlar seus pensamentos, transformar seu perispírito. Se você quer ajudar outros espíritos, deve fazer os cursos específicos para isso.

— Por que você falou no plural?

— Porque são vários cursos só para ajudar os necessitados. Enfermagem, busca, psicologia e outros. Eu, por exemplo, fiz o de enfermagem e trabalho no hospital em que você foi atendido. Já a Rafaela trabalha na busca.

— Enfermagem eu já conheço. Mas busca, isso nunca ouvi falar.

Antes de começar a explicar para Antônio, Rafaela tomou um copo de água, baixou a cabeça e ficou pensativa por alguns instantes. Depois respirou profundamente e, com emoção, começou a falar:

— Antônio, o atendimento de busca é considerado o serviço mais difícil da colônia.
— Por quê? – interrompeu Antônio.
— É que a nossa missão é sair pelo umbral em busca de espíritos que necessitam de ajuda, que estejam vagando perdidos e que, arrependidos, tenham solicitado ajuda a Deus. Precisamos estar sempre atentos para os perigos de tal investidura, e de muita paciência e psicologia para não assustarmos os solicitantes.
— O que é umbral?
— O umbral é a "camada" espiritual mais próxima da Terra, onde muitos espíritos ficam. Lá se misturam bons com maus, mas todos têm uma coisa em comum: os pensamentos. Alguns ficam agarrados aos bens que tiveram, outros pensam que ainda estão vivos, vários ficam para vingar-se de pessoas que continuam encarnadas. Enfim, inúmeros motivos os prendem no umbral – explicou Júlio.
— Depois que os resgatamos – continuou Rafaela –, trazemos todos para o hospital onde ficam aos cuidados de pessoas benevolentes como o Júlio e a Maria, que cuidou de você.
Antônio lembrou-se com carinho de Maria, que cuidou dele com tanta paciência, e lembrou também que ficou vagando, até que Allan o ajudou.
— Então, Rafaela, você deve conhecer o Allan, pois foi ele que me trouxe para cá.
— Desculpe, Antônio, mas não tem ninguém com esse nome na nossa equipe. E, por falar nisso, não soube de nenhuma busca em que você estivesse incluído.
Antônio ficou pensativo. Quem o teria resgatado, já que ninguém conhecia o Allan. Júlio, notando a preocupação do amigo, perguntou como foi feito o seu resgate.
Antônio então passou a relatar todos os acontecimentos. Logo que terminou, Rafaela comentou:

— Por isso você não estava nas nossas buscas. Você não estava no umbral, perdido, estava ainda ligado ao plano físico. Lá não fazemos buscas.

— Como assim? Não entendi nada.

— Acontece na grande maioria dos casos. Os recém-desencarnados ficam durante algum tempo perdidos no plano físico, até que percebem seu estado. Nesse momento, alguns são auxiliados por amigos e encaminhados para os hospitais, outros que não fizeram por merecer ficam vagando no plano físico por muitos anos, e a grande maioria, por causa dos seus baixos níveis de pensamento, são atraídos para o umbral, onde ficam vagando sem rumo. No entanto, uma grande parte destes transitam entre os dois planos com grande facilidade, buscam no plano físico prazeres a que estão acostumados, vampirizando pessoas, voltando em seguida para seu grupo no umbral. Outros retornam ao plano físico para perseguir seus desafetos que estão encarnados, voltando de vez em quando para o umbral para angariar novos parceiros e até mesmo ajudar outros em seus planos de vingança.

— Nossa, isso é assustador. Nunca imaginei que isso existisse – comentou Antônio, com ar assustado.

— Portanto, caro amigo, você deve ser uma pessoa muito especial e boa, pois foi auxiliado logo em seguida ao seu desencarne, não ficando perdido no umbral – comentou Júlio.

Durante alguns minutos reinou um silêncio absoluto na pequena sala, onde todos ficaram com seus próprios pensamentos, até que Júlio falou:

— Mas vamos falar de outra coisa.

— Isso! – exclamou Rafaela.

— Mas de quê? – perguntou Antônio.

— De como foi sua vida na Terra, por exemplo – disse Júlio.

— Desculpe, Júlio, mas não gostaria de falar disso agora. Cometi muitos pecados e isso me faria muito mal, quem sabe outro dia.

— Eu que peço desculpas, Antônio, fui muito indelicado com você.

— Você já passeou pela cidade, Antônio? – perguntou Rafaela.

— Não, gostaria muito de conhecer. Vocês poderiam me levar?

— Rafaela, se você puder. Eu tenho que ir ao hospital.

— Claro que posso, Júlio. Vamos, Antônio?

Os dois saíram conversando, enquanto Júlio encaminhou-se para o trabalho.

Enquanto passeavam, Rafaela mostrava a colônia a Antônio, e explicava a ele tudo o que podia.

— Aqui não tem dinheiro, Rafaela?

— Não, mas temos algo chamado bônus. Ele serve basicamente para controlar nosso acesso a alguns serviços coletivos, tais como cursos, peças teatrais, biblioteca, entre outros. Isso foi criado porque o número de vagas para os serviços é muito menor do que os interessados. Assim é mais justo, pois usa o serviço quem tem crédito para tal.

— Como funciona?

— Todas as horas que você dedica a atendimentos aos outros, você ganha pontos, que se converterão em bônus. Assim você pode usar os serviços que melhor lhe agradem.

— E os serviços têm pesos diferentes?

— Sim, tem serviços especiais, e seus bônus valem mais do que em outros serviços. Mesmo que você trabalhe o dia inteiro, pode levar um ano para conseguir os bônus equivalentes.

Nesse instante eles chegaram em frente a um prédio enorme, todo branco, que emitia uma luz forte, que se irradiava para todos os lados da cidade.

— Que prédio é esse, Rafaela?
— Aqui é a biblioteca e o comando geral da colônia.
— Comando geral?
— Sim, aqui ficam os espíritos mais evoluídos da colônia, alguns tão iluminados que não conseguimos enxergá-los...
— Como assim? – interrompe Antônio.
— É que eles são tão evoluídos que emitem ondas de pensamento que nossa evolução não alcança. Não sei se lhe explicaram, mas nós só vemos os espíritos que emitem as mesmas ondas que nós, ou seja, para nos enxergarmos mutuamente é porque você tem o mesmo nível de evolução que eu, entendeu?
— Acho que sim, mas se a gente não os enxerga, como fazem quando querem conversar com algum de nós?
— Nós não os enxergamos, mas eles simplesmente aparecem para nós.

Ainda confuso, Antônio perguntou:
— E o que faz o comando geral?
— Lá está centralizado todo o controle da colônia, onde se decide que setores precisam mais de ajuda, quais os serviços que devem ser implementados ou aperfeiçoados. E lá está o departamento mais importante, o departamento de planejamento de evolução espiritual, onde são feitos os estudos para que você possa evoluir, tanto reencarnando quanto em serviços em outras colônias.
— Como assim? Planejamento para reencarnar?
— Sim, para você reencarnar, deve ser feito um estudo de todo o seu passado, das dívidas que deve resgatar e quais os objetivos a atingir, para evoluir. Se não houver esse planejamento, na ânsia de querer evoluir depressa, pode-se pedir mais do que seja possível realizar e, com isso, colocar a perder uma encarnação. Em vez de evoluir, vai ficar estacionado, portanto, com o planejamento exato,

você só vai receber o que realmente pode aguentar. Nem mais, nem menos.
— Muito interessante, nunca imaginei que fosse assim.
— Pelo contrário, você já conhece tudo isso, só não se lembrou ainda.

Quando entraram no prédio, Rafaela notou que haveria naquele dia uma palestra com o mentor Tiago, justamente sobre o assunto que ela começou a explicar para Antônio.

— Olhe, Antônio, hoje vai haver uma palestra com o mentor Tiago, e ele vai falar sobre reencarnação. Você não gostaria de participar?
— Claro que gostaria. Quando será?
— Daqui a pouco, mas ainda temos tempo para passear mais um pouquinho.
— Mas espere aí, não tenho bônus para entrar!
— Não se preocupe, eu tenho e empresto para você.

Antônio e Rafaela passearam ainda por mais alguns lugares da colônia e, na hora da palestra, retornaram ao teatro. Na entrada havia um senhor que controlava a passagem das pessoas. Quando chegou a vez de Antônio, Rafaela interviu:

— Senhor Pedro, ele é meu convidado e usarei meus bônus para ele.

O porteiro liberou Antônio e entraram no teatro, que não era muito grande, mas estava cheio. As cadeiras eram de veludo vermelho, e uma agradável melodia animava o ambiente. Passados alguns minutos, as luzes se apagaram e um foco iluminou o centro do palco. Um senhor de idade adentrou e começou a palestra. Antônio, de repente, ficou vermelho. Reconheceu de imediato aquele senhor: era Allan, um pouco mais jovem, mas era ele mesmo. Rafaela notando a expressão no rosto de Antônio, perguntou o que acontecera.

— Rafaela, este senhor é que me trouxe para cá.
— Você tem certeza disso?
— Tenho, é o Allan. Um pouco mais novo, mas é ele mesmo.

Rafaela ficou pensativa. Se Tiago realmente salvou Antônio, ele deveria ser muito especial, pois até onde ela sabia, Tiago não saía da colônia, devido às muitas responsabilidades que tinha. Mas Antônio estava convicto de que tinha sido ele mesmo. Como?

Terminada a palestra, os dois saíram. No caminho, Antônio perguntou por que ela ficara tão pensativa durante a palestra.

— Antônio, você tem certeza que foi Tiago que o trouxe para cá?
— Tenho, foi ele que eu encontrei no cemitério. Ele parecia mais velho, mas é ele sim. Por quê?
— Porque ele é o responsável por toda a colônia, é ele quem mantém tudo isso que você está vendo.
— Nossa! Ele é tão importante assim?
— Sim.

Os dois voltaram para casa em silêncio, cada um com seus pensamentos. Antônio queria saber por que um espírito tão importante o ajudara, e Rafaela imaginava quais seriam as ligações entre Tiago e Antônio.

Chegando à casa, Antônio foi para seu quarto, com a desculpa que estava cansado. Rafaela ficou sentada na cadeira da sala, pensativa, e começou a relembrar sua última encarnação. As imagens surgiram em sua mente, como se fosse um filme.

Capítulo 5

A *vida* anterior de Rafaela

Rafaela nasceu no Rio de Janeiro, única menina num universo de oito meninos. Ela dividia a prole de seu Genival bem ao meio. Os quatro irmãos mais velhos trabalhavam com o pai, um ferreiro que lutava muito para sustentar sua enorme família. Eram pobres, mas não passavam fome. Rafaela ajudava sua mãe nos afazeres do lar. Dona Ângela era uma pessoa muito organizada, que gostava das coisas nos seus devidos lugares, sempre correndo atrás de alguma coisa. Exigia muito de Rafaela, que obedecia com alegria. Sua mãe, desde pequena, lhe ensinou que a oração era o único alívio para o espírito. Todos os dias, no final da tarde, as duas iam à igreja e ficavam lá pelo menos uma hora rezando. Às vezes Rafaela se perguntava o porquê de tanta reza, se a rotina de suas vidas nunca mudava, a pobreza continuava e as necessidades eram sempre as mesmas, mas obedecia sua mãe e a acompanhava sempre.

Quando Rafaela completou quinze anos, sua vida sofreu uma grande reviravolta. Primeiro foi sua mãe que faleceu, por causa de um surto de varíola, que vitimou centenas de pessoas no Rio, e depois seu pai, que contraiu tuberculose, ficando impossibilitado de trabalhar. Seus irmãos mais velhos é que sustentavam a casa, mas as condições financeiras foram piorando e Rafaela não aguentava mais ver seus irmãos menores quase passando fome. Foi então que arranjou emprego de dama de companhia, em uma rica família carioca.

Essa aristocrática família carioca tinha muitos escravos, mas a beleza e a meiguice da moça encantou a todos na casa, principalmente dona Conceição, nora de dona Florinda, da qual Rafaela iria ser dama de companhia. Dona Florinda era esclerosada, não gostava de nenhum escravo e a moça caiu do céu para dona Conceição, que não aguentava mais as reclamações da vovó que, ainda por cima, precisava de atenção especial devido à sua idade avançada. Rafaela levantava todos os dias às cinco horas da manhã, deixava preparada a comida dos irmãos e partia para o trabalho. Depois de uma hora de caminhada chegava à casa de dona Conceição, só retornando para casa por volta das sete da noite. Apesar de cansativo, Rafaela gostava do serviço. Era bem tratada por todos da família e sentia um carinho muito especial pela senhora Florinda, que parecia com sua avó, morta quando ela ainda era pequena. Ela lembrava, porém, de alguns bons momentos que tivera com a sua vovozinha. Apesar do trabalho que Florinda proporcionava para ela, pois até comida tinha que servir para a senhora, que, com problemas motores, não conseguia segurar os talheres direito.

Com o dia corrido Rafaela nem percebia o tempo passar, mas seu coração ficava apertado de preocupação com os irmãos que deixava praticamente sozinhos em casa, pois seu pai muito doente não atendia a todos sozinho. Do que Rafaela ganhava nunca sobrava nada para ela, pois tinha que ajudar a sustentar seus quatro irmãos mais novos. Dois de seus irmãos mais velhos se casaram e tinham agora suas próprias famílias, e os outros dois foram embora do Rio e nunca mais voltaram.

Um ano depois seu pai faleceu, e ela viu-se sozinha para sustentar seus irmãos menores. Trabalhava muito, mas não perdia as esperanças que um dia tudo iria melhorar. Dos seus quatro irmãos mais novos, dois começaram a ajudar, fazendo serviços nas ruas. Isso amenizava um pouco o sofrimento de Rafaela. Mesmo mal-arrumada e com roupas velhas, era uma moça muito bonita. Sua pele branca contrastava com seus cabelos negros e seus lindos olhos azuis chamavam a atenção de todos os jovens da época, mas Rafaela não se interessava por ninguém. Vários foram os pedidos de casamento, mas usava seus irmãos como desculpa para rechaçá-los, e assim passaram-se cinco anos. Os dois menores, agora com onze e dez anos, ainda dependiam dela, mas os outros dois, que a ajudavam, foram lutar na Guerra do Paraguai e nunca mais voltaram. Nunca ficou sabendo se morreram ou não quiseram voltar para casa.

Desesperada, lembrou que a mãe vivia dizendo que nos momentos difíceis ela devia rezar em dobro, só que depois da morte da mãe, ela simplesmente parou de ir à igreja. Decidiu então começar novamente a novena diária. Rezava muito, na maioria das vezes nos grupos de senhoras rezadeiras. Depois da morte de dona Florinda, não quis continuar a trabalhar para aquela família e, por um pequeno intervalo de tempo, ficou sem emprego. Foi então que rezar, que começou como necessidade, acabou virando profissão. Ela e um grupo de senhoras começaram a ganhar dinheiro para fazer rezas, em qualquer lugar e cerimônia, desde visitas a pessoas enfermas a velórios.

Os anos foram passando, seus dois irmãos mais novos saíram de casa e ela passou a morar sozinha. Nesses momentos de solidão, ficava angustiada. Estava acostumada com aquela casa sempre cheia de gente, toda desarrumada, e ela sempre correndo atrás da bagunça que seus irmãos faziam. Foram tempos difíceis, mas alegres. Agora tudo estava silencioso e triste. As amigas viviam dizendo que ela devia arranjar um marido, mas agora, aos trinta e três anos, sentia-se velha e estava mais amargurada do que antes. Culpava Jesus, que nunca atendeu às suas súplicas. Cada vez mais triste, começou a ficar doente e, por causa de uma pneumonia dupla, morreu aos trinta e quatro anos de idade.

* * *

Júlio entrou em casa e viu Rafaela sentada em sua cadeira na sala. Lágrimas rolavam em seu rosto. Logo percebeu que ela devia estar pensando em alguma coisa do seu passado. Procurou não atrapalhar, mas Rafaela voltou a si e o chamou:

— Fique aqui, Júlio, quero conversar com você.

— Não queria incomodar.

— Não está incomodando! Foi até bom que você chegou. Não é bom ficarmos relembrando nosso passado, principalmente quando ele não é muito feliz.

— Esqueça isso. Como foi o seu dia hoje, com o Antônio?

— Era sobre ele que queria falar.

— O que aconteceu?

— Ninguém sabe quem o trouxe para cá, pois não fomos nós do grupo de busca. Mas eu descobri quem foi.

— Quem?

— Calma! Você nem imagina?

— Não.

— Hoje fui passear com ele pela cidade. Ele fez um monte de perguntas, foi divertido. Fomos ao prédio central, pois queria que ele conhecesse a biblioteca e, no teatro, havia uma palestra do mestre Tiago sobre reencarnação. Convidei-o para irmos assistir. Eis que, quando mestre Tiago apareceu para iniciar a palestra, Antônio o reconheceu como a pessoa que o ajudou.

— Você está falando sério?

— Ele apenas falou que parecia mais velho, mas que era o mestre Tiago.
— Mas o mestre Tiago é muito ocupado para esse tipo de serviço. Se foi ele, é porque Antônio deve ser muito especial para ele.
— Foi o que pensei.
— Bem, seja o que for, sempre existe um motivo para tudo, deixemos isso de lado e vamos repousar. Amanhã temos muito o que fazer.

No outro dia, Antônio levantou-se bem cedo, mas Rafaela e Júlio já estavam acordados.
— Antônio, gostaria de fazer alguma coisa? – perguntou Júlio.
— Claro! Não aguento ficar sem fazer nada.
— Pois fui incumbido de levá-lo ao centro de treinamento e inscrevê-lo no curso de respiração e alimentação, ainda hoje.
— Ótimo! Mas o que ensinam nesse curso?
— Esse é um curso básico para aprender a respirar e se alimentar da energia cósmica. Todo recém-chegado deve primeiro fazê-lo, para depois seguir a outros cursos.
— Os cursos seguintes mais procurados são volitação e telepatia – comentou Rafaela.
— Quero fazer todos – disse Antônio, alegre.

Júlio levou Antônio para o prédio central, na ala de cursos, que mais se parece com uma grande universidade da Terra: centenas de salas, espíritos andando apressados para todos os lados. Júlio apresentou Antônio a Daniel, coordenador do curso de respiração e alimentação. Daniel era jovem, loiro, de cabelos encaracolados e brilhantes, olhos azuis. Parecia aqueles anjinhos barrocos. Mas como Júlio disse, as aparências enganam: Daniel era um espírito evoluído e com grande sabedoria.

Recebeu Antônio como se já o conhecesse há muitos

anos, e o levou para sua sala de aula. Lá estavam quatorze espíritos esperando pelo início da aula. O curso tem duração de uma semana, e nele são ministradas aulas teóricas e práticas de como aproveitar melhor a respiração dos fluidos cósmicos, e como esses fluidos auxiliam na recuperação das energias. Também são ensinadas as diversas formas de se alimentar dessas mesmas energias e, principalmente, da água fluídica. Esses ensinamentos são essenciais para os espíritos poderem desenvolver suas atividades cotidianas.

Antônio saiu-se muito bem nesse curso e, quando terminou, matriculou-se no curso de volitação, que iniciaria na semana seguinte. No primeiro dia do curso de volitação, Antônio foi sozinho ao prédio central, pois já caminhava com desenvoltura pela cidade e pelo prédio central. Nos horários em que não estava em curso, podia ser encontrado na biblioteca. No meio de tantos livros, não sabia o que estudar, mas por acaso se interessou por um que dava atenção ao planejamento encarnatório. Antônio gostou tanto do assunto que ficava horas lendo tudo o que se relacionasse com o assunto.

Saiu-se muito bem no curso de volitação, aprendendo a volitar com facilidade. Agora podia ir para qualquer lugar sem problemas e com maior rapidez, mas sua curiosidade pelo estudo das reencarnações o levava apenas para a biblioteca. Chegou a ficar três dias e duas noites inteiras lendo livros sobre o assunto, não aparecendo em casa. Júlio e Rafaela relataram o acontecido ao supervisor geral da colônia, que foi à biblioteca buscar Antônio, que, quando alertado pelo supervisor, ficou muito envergonhado, voltando no mesmo momento para casa. Chegando cabisbaixo, desculpou-se com ambos:

— Desculpe-me, Júlio e Rafaela, agi como uma criança.

— Não precisa se desculpar, Antônio. Reconhecemos

e até invejamos sua força de vontade para aprender, mas você ainda está convalescendo, não está forte o suficiente para ficar dias sem se alimentar e repousar.

— É que eu me entusiasmei com os livros e nem vi que as horas se passaram.

— Horas! Seria mais correto dizer dias – argumentou Rafaela.

— Não estamos zangados com você, estamos apenas preocupados com sua saúde. Aqui nesse plano ficamos fracos com facilidade. Ficando fracos, podemos facilmente liberar impulsos de baixo nível e, com isso, gerar pensamentos negativos. Esses pensamentos negativos podem atrair seres inferiores que compartilham esses pensamentos, e assim por diante, levando a pessoa a ficar presa a eles num círculo vicioso. Como você ainda não está totalmente curado, ficamos receosos pela sua saúde.

— Obrigado pela atenção, amigos. Prometo que não irei mais causar esse tipo de transtorno a vocês.

Capítulo 6

A *vida anterior* de Júlio

Júlio nasceu em São Paulo. Era de uma família de classe média. Seu pai era do exército e sua mãe, professora primária. Tinha mais quatro irmãos, sendo ele o mais novo. Com uma educação rígida, que seguia os fundamentos da hierarquia militar, Júlio desde pequeno só obedecia às ordens de seus irmãos mais velhos. Estes, por sua vez, aproveitando do sistema imposto pelo pai, impunham ao irmão mais novo todos os tipos de traquinagens.

A mãe de Júlio tinha esperança de que ele fosse uma menina, pois já tinha quatro meninos e, portanto, estava na hora de uma menina chegar, para dar mais encanto à família. Rezava todos os dias pedindo a Deus que fosse uma menina, que se chamaria Júlia. No entanto, nasceu mais um menino. Sua decepção foi tão grande que, após o parto, entrou em estado de choque, ficando assim durante um mês. Seu leite secou e, se não fosse o leite de uma escrava de um vizinho, que tivera um filho um pouco antes, Júlio teria morrido. Seu pai, apesar de triste por causa da decepção da mulher, procurou minimizar a situação dando o nome que ela escolhera caso fosse menina, só que logicamente no masculino.

Júlio cresceu forte fisicamente, mas muito debilitado emocionalmente. Sua mãe nunca demonstrou carinho, sempre o tratou com frieza, principalmente com relação aos seus irmãos. Seu pai era bruto de mais para entender, principalmente quando o garoto o procurava e reclamava sua atenção. Em poucos minutos na sua companhia, já procurava dispensá-lo, indo atrás de outros afazeres.

Júlio sentia-se só. Seus dois irmãos mais velhos estavam estudando na Escola Real da Marinha, no Rio de Janeiro, e os outros dois já começavam a se preparar para estudar na academia militar. Todos tinham convicção que seriam militares como o pai, mas Júlio não tinha essa certeza. No entanto, em qualquer conversa informal com os familiares, seu pai irritava-se facilmente com comentários de que o filho de fulano, também militar, não seguira a carreira do pai. Essa postura paterna o intimidava por completo e, sempre que tentava puxar conversa sobre o assunto, logo vinha em sua memória a reação explosiva do pai, bloqueando qualquer iniciativa de confidenciar que não queria ser militar. Uma vez conseguiu confidenciar para a mãe que não queria seguir a carreira do pai. Sua mãe, entre decepcionada e assustada, simplesmente ignorou seu comunicado, alegando que ele ainda era muito pequeno para tomar essa decisão, e que, com o tempo, vendo seus irmãos com os lindos uniformes militares, iria mudar de ideia.

Júlio, angustiado, pois não conseguia conversar com ninguém, começou a isolar-se. Um dia, entrando na cozinha da casa, meio taciturno, Anastácia, a escrava cozinheira, que na verdade cuidara dele desde pequeno, notou que seu menino estava com problemas.

— O que te aflige, minha criança?

— Nada, Anastácia.

— Ora! Você pode enganar a todo mundo, mas a mim você não engana. Te conheço desde recém-nascido. Vamos, fale para sua Tatá.

— Ora! Anastácia, não me trate como se fosse um neném. Já estou bem crescidinho.

— Para mim você vai ser sempre aquele neném que não parava de chorar e, somente quando eu pegava no colo e cantava umas modinhas de ninar, se acalmava.

— Está certo, você é a única pessoa nesta casa com quem posso conversar.
— Então desembuche logo, o que o aflige?
— Tatá, há quanto tempo você está com a gente?
— Faz tempo, nem me lembro mais. Eu vim para cá quando seus pais tinham acabado de se casar.
— Sim, mas antes, você morou aonde?
— Eu vivia em uma fazenda no interior. Era ajudante na casa grande. Tinha perto de trinta anos quando os meus donos morreram, e seus herdeiros colocaram a metade dos escravos à venda, pois estavam falidos. Eu e os outros viemos para o mercado, onde ficamos aguardando os interessados. Aí apareceu seu pai, atrás de uma escrava que tivesse experiência como dama de companhia, pois estava recém-casado e, por conta de sua profissão, precisava se ausentar por longos períodos. Não queria que sua jovem esposa ficasse sozinha. A única com essas qualidades era eu. Fui comprada por um conto de réis e vim para cá. Durante todos esses anos, vi nascer todos os seus irmãos, ajudando sua mãe a cuidar deles.
— Mas o único que você cuidou sozinha fui eu, não é mesmo?
— É que sua mãe ficou muito doente e precisava de descanso.
— Está certo, Tatá, faz de conta que eu acredito.
— Mas por que tanta curiosidade agora?
— É que eu fico pensando: que direito temos de escravizar os negros, só por causa de sua raça, diferente da nossa? Quem deu esse direito aos brancos?
— Isso eu não sei, só sei que já estou muito velha para ficar pensando nisso. Agora, você sempre se mostrou muito sensível, não podia ver pessoas sofrendo que já perguntava o motivo, e logo em seguida procurava ajudar. Mas eu o conheço: não é a escravidão o problema que o aflige.
— Está certo, não é mesmo.

— Então não vai me contar? De repente eu posso te ajudar.

— Sabe, Tatá, estou num beco sem saída. Não sei como contar para o meu pai que não quero ser militar.

— Bem, é só isso?

— Só isso! Isso é o caos para mim, já basta ter decepcionado minha mãe, que queria uma menina, agora vou decepcionar o meu pai. Ele vai me deserdar.

— Acho que isso ele vai fazer mesmo – falou Anastácia, com a maior calma.

— E você fala isso com essa calma?

— Calma, minha criança, você ainda tem tempo. Procure pensar nisso quando chegar o dia em que tiver de decidir.

— Você fala assim porque não está na minha pele.

— Sim, mas se você não quer ser militar, quer ser o quê, então?

— Aí é que está, eu não sei.

— Bom, então vá pensando. Você tem pelo menos dois anos para descobrir o que quer ser.

— Bela ajuda, a sua.

— Eu faço o que posso.

— Sabe o quê? Deixa eu ir. Já estou atrasado para a escola.

Falando assim, saiu, meio a contragosto, pois achava que Tatá iria dizer alguma coisa para salvá-lo e ela não falou nada. Pelo contrário. Mas pelo menos não estava mais angustiado, falar para alguém o que sentia o aliviara.

Assim, dois anos transcorreram. A hora da decisão estava chegando, e ele não sabia o que fazer. Um dia, durante o jantar em que seus irmãos mais velhos estavam em casa, numa rápida visita, a pergunta fatídica ecoou no ar:

— E então, Júlio, já se decidiu para qual arma vai?

Aquela pergunta caiu como bomba sobre sua cabeça. Sua vista ficou turva, seu pensamento voou longe e seus

lábios balbuciaram alguma coisa. Foram os segundos mais longos de sua vida.
— E então, vai responder seu irmão ou vai ficar aí com essa cara de bobo? – falou seu pai.
Todos ficaram esperando sua resposta, e ele ali parado, em estado de choque. Foi quando Anastácia o acordou:
— Vamos, minha criança, fale logo para o seu pai qual é a sua decisão.
Júlio olhou para Anastácia assustado. Ela, percebendo sua situação, foi logo disparando:
— Sabe o que é, coronel, seu filho não sabe como dizer que não quer ser militar.
— Eu ouvi direito? Ele não quer ser militar?
— É isso mesmo – respondeu Anastácia.
— Ele só pode estar louco, isso só podia acontecer com ele...
Tal declaração causou um alvoroço na casa. Todos brigavam com Júlio, sua mãe desmaiou. Enquanto uns acudiam a mãe, seu pai ficava a gritar impropérios pela sala. Júlio, sentado no mesmo lugar, sentia-se aliviado. Uma força começou a surgir dentro de si e, depois de alguns minutos vendo sua mãe recuperada e seus irmãos que não paravam de falar, levantou-se e falou calmamente:
— É isso mesmo, pai, eu não quero ser militar.
Todos pararam imediatamente de falar, olhando assustados para ele. Foi quando seu pai perguntou em tom agressivo:
— Então você vai ser o quê?
— Eu não sei ainda, só sei que não quero ser militar. Não gosto de ficar mandando nas pessoas, sendo agressivo com os outros. Gostaria de uma profissão que ajudasse os outros, em vez de ficar...
Seu irmão mais velho o interrompeu, falando com sarcasmo:
— Então quer ser médico?

— Que nada, pelo jeito como age, deve querer ser padre – falou outro irmão, em tom de gozação.

Os outros caíram na gargalhada. Sua mãe quase teve outro desmaio. Seu pai sentou-se em uma cadeira, com ar de assustado, e falou soluçando:

— Oh!, meu Deus, o que eu fiz para merecer isso?

Júlio, irritado com as gozações, falou sem pensar:

— É isso mesmo, vou ser padre, vou ajudar as pessoas pobres e os escravos. Vou ser útil.

Falando assim, saiu da sala. Todos estavam quietos e assustados. Júlio entrou em seu quarto e, logo atrás, entrou Anastácia falando:

— Muito bem, minha criança, gostei do que falou.

— Graças a você, Tatá. Se você não tivesse falado tudo de uma só vez, eu não teria conseguido.

— Só fiz o que achava que devia ser feito. Agora, essa história de ser padre é brincadeira, não é?

— Não é não. Vou para o seminário assim que puder. Eu já havia pensado nisso, mas nunca achei que teria coragem para assumir. Agora que meu querido irmão ajudou, eu resolvi que assim será.

Alguns meses se passaram. Os pais de Júlio quase tinham esquecido a discussão que tiveram, mas o garoto se preparava para o ingresso no seminário no início do próximo ano escolar. Júlio providenciou os documentos necessários sem que seus pais soubessem. Quando tudo estivesse pronto, ele comunicaria à família e partiria em seguida, não dando chance a impedimentos.

No início do ano seguinte tudo estava pronto e planejado. Anastácia era a única que sabia. Ajudava seu menino com afinco, apesar de achar que ser padre era um desperdício de vida, pois um rapaz tão inteligente e bonito teria um futuro bem melhor em qualquer profissão. E o dia de viajar para o seminário chegou. Suas malas já estavam prontas e acondicionadas na charrete que o levaria até a estação ferroviária, onde pegaria o próximo trem para o interior do estado.

Todos estavam sentados à mesa, almoçando. Após terminarem, Júlio levantou-se e comunicou a todos que estava de partida para um seminário no interior do estado, e que em quatro anos seria ordenado padre. Sua mãe desmaiou, seus irmãos acudiram a mãe e seu pai levantou-se aos berros.

— Só por cima do meu cadáver, seu pirralho. Mal saiu dos cueiros e pensa que se manda, não vai coisa nenhuma.

Júlio, na maior calma, falou:

— Pai, eu não estou pedindo permissão, estou comunicando a minha partida. Minhas malas já estão na charrete, que está à minha espera lá fora.

— Mas como assim? Quem pensa que é? Não pode ir se eu não autorizar.

— Pai, o senhor não precisa autorizar. Eu já tenho dezesseis anos e falei com o padre Virgílio, que providenciou tudo para mim. Já estou matriculado no seminário.

— Mas isso é contra a lei, não pode sem a minha autorização.

Então o irmão mais velho de Júlio intercedeu:

— Ora pai, não adianta mais, ele já se decidiu e já providenciou tudo à sua revelia. Deixe ele ir, logo verá como é dura a vida de padre e voltará com o rabo entre as pernas.

Com essas palavras, o pai calou-se. Júlio percebeu que era hora de partir. Aproximou-se da mãe e abraçou-a. Esta, embora receosa e contrariada, retribuiu o abraço e em seguida o beijou, desejando felicidades. Júlio abraçou ainda todos os irmãos, que retribuíram meio receosos, mas seu pai se afastou, não aceitando tal gesto. Então Júlio despediu-se de Anastácia, dando-lhe um longo beijo, e agradecendo tudo que ela fez por ele. Saiu sem olhar para trás.

No seminário, Júlio começou a sentir na pele os rigores da rotina eclesiástica. Levantava todos os dias às cinco horas da manhã e deitava-se pontualmente às nove horas da noite. Tinha diversas tarefas diárias que deveriam ser executadas pontualmente, e ainda tinha que estudar. Diversas vezes ficou a pensar que, na academia militar, seria mais fácil, mas agora era tarde, tinha que aguentar.

No último ano, já acostumado com a rotina, iniciou uma atividade que muito o agradou: começou a estudar teologia. Gostou tanto, que começou a pesquisar mais e mais. Somente o que lhe era passado pelos mestres não era suficiente. Sua pesquisa logo caiu no terreno perigoso das outras teorias, além da católica, e passou a estudar profundamente as religiões africanas. Em pouco tempo conhecia tudo sobre os cultos africanos e a maneira como estes povos tratavam seus espíritos. Escreveu vários artigos sobre esse assunto, sempre com o aval de seu mestre em teologia.

Logo em seguida a esses estudos, seu mestre lhe entregou uns documentos de origem francesa, que falavam de uma nova teoria sobre como vivem os espíritos. Os documentos descreviam como eles eram, onde viviam, como podiam se comunicar com os vivos e o que acontecia depois da morte.

Para Júlio, aquilo era incrível. Depois de ler atentamente todos os documentos, ficou muito incrédulo sobre tudo o que afirmavam, então procurou seu mestre para discutir sobre o assunto.

— Mestre José, eu não consegui entender muito bem os relatos daqueles últimos documentos que me emprestou.

— Que parte não entendeu?

— Tudo!

— Não entendeu ou não acreditou?

— Para falar a verdade, não acreditei. Achei que tudo não passa de imaginação da pessoa que escreveu.

— Por que acha isso?
— Não sei explicar, é muito fantasioso.
— Então como acredita que é o mundo espiritual?
— Eu sei que não é como todos acreditam, ou seja, que é divido em céu e inferno, já tenho conhecimento suficiente para não acreditar nisso, mas daí a ser como está escrito...
— Júlio, emprestei-lhe estes documentos, acreditando em seus conhecimentos e no seu discernimento quanto ao que passamos aos fiéis e o que realmente acontece. Esse conceito que a igreja tem pregado foi muito deturpado com o passar do tempo. Os pesquisadores ficavam curiosos em saber o que acontecia depois que íamos para o céu. O que ficaríamos fazendo lá? Essa era uma dúvida que atiçava as mentes de todos os estudiosos, pois a princípio somente o céu causava interesse, visto que as pessoas que infelizmente fossem para o inferno, estavam destinadas a queimar nas labaredas de Satanás. Mas no céu, não. Então o que ficariam fazendo as almas que se salvassem?

"Foi aí que começaram as pesquisas e, depois de muita discussão, chegou-se a uma conclusão: as almas continuam a ter uma vida parecida com a que tinham aqui, só que sem as tentações carnais. Mas surgiram mais dúvidas: e as almas que iam para o inferno, não teriam mais uma chance? Estariam destinadas a ficar no inferno o resto de sua existência? Será que Deus, em Sua sabedoria e bondade suprema, deixaria Seus filhos à mercê de tanto sofrimento, sem chance de se redimirem de seus pecados? Os pesquisadores acharam que não, que Deus deveria ter mecanismos que ajudassem esses filhos perdidos a encontrarem o caminho da verdade. Mas, se esses mecanismos existiam, como seriam? Como resgatar esses pecados, para poderem voltar ao céu? Baseando-se na ressuscitação de Jesus, alguns estudiosos imaginaram que Deus deveria enviar essas almas perdidas para a Terra, a fim de resgatarem suas dívidas, sofrendo temporariamente aqui entre nós. Mas outra dúvida surgiu: como seria feito esse retorno? A dúvida persistiu até que, alguns anos atrás, um francês, que fazia pesquisas nessa área, conseguiu as respostas que tanto queríamos."

— Como é o nome dele, senhor?

— Allan Kardec.

— E como ele conseguiu descobrir a verdade?

— Ele conseguiu conversar com espíritos, que explicaram tudo que você leu nesses documentos.

— E o senhor acreditou em tudo que está escrito?

— Assim como você, também acho que algumas coisas estão exageradas, mas muitas das respostas que procurava estão respondidas. É claro que devemos pesquisar mais, para podermos compreender os segredos que existem no mundo espiritual.

— Mas, senhor, quem mais tem esse conhecimento?

— Pouquíssimas pessoas. O bispo e alguns padres que, como eu, pesquisam o assunto, a mando do papa. E agora você.

— E por que me escolheu?

— Percebi sua curiosidade natural sobre esses fatos, e também levei em consideração seu raciocínio lógico, que sempre procura uma resposta convincente, não acreditando em tudo simplesmente. Eu estava atrás de um discípulo com suas características há muito tempo, agora quero que continue as pesquisas. O primeiro passo já foi dado.

— Espero não desapontá-lo, senhor.

— Tenho certeza que isso não irá acontecer.

— Mas, se a Igreja Católica já sabe o que acontece depois da morte, por que não conta a seus fiéis? Por que os mantém ignorantes destes fatos tão importantes para o nosso desenvolvimento?

— Somente no futuro você encontrará a resposta a essa pergunta.

Falando assim, o mestre se despediu e saiu da sala. Júlio permaneceu ali pensando em tudo que conversaram.

Após sua ordenação, Júlio foi transferido para a diocese do Rio de Janeiro, no Centro de Estudos Bíblicos Brasileiro, então o único centro de estudos bíblicos da América latina. A fama de pesquisador abnegado, assim como seus relatórios e traduções, chegaram ao conhecimento do arcebispo do Rio, que incentivava estes estudos. Lá, Júlio teria mais condições de aprofundar seus conhecimentos, em função da imensa biblioteca que teria à sua disposição, inclusive os dois livros referentes ao espiritismo, escritos por Allan Kardec.

Depois de dois anos de pesquisa e muitos relatórios, Júlio foi transferido para um departamento de auditoria, mais conhecido como de investigações. Esse era um setor muito detestado pelo clero em geral, pois nele se investigavam denúncias feitas ao corpo eclesiástico. Somente os padres mais capacitados eram recrutados para esse departamento. Júlio, pelo seu amplo conhecimento, fora recrutado para substituir um colega recentemente falecido.

Um mês depois, já estava designado para uma investigação sigilosa, que deveria fazer no interior de Minas Gerais. Recebeu o relatório de seu superior e, com muita curiosidade, o leu. O relatório descrevia os fatos assim:

"Os acontecimentos abaixo descritos passam-se na cidade mineira de Divinópolis, atualmente com duas igrejas e um convento. As denúncias anônimas foram feitas ao bispo de Belo Horizonte, que providenciou o pedido de investigação para o arcebispo.

"Especula-se que um dos padres (José) está envolvido com uma mulher frequentadora de suas missas, com o agravante de que a mesma é casada com um rico comerciante da cidade. O padre, em entrevista reservada com o bispo, negou as acusações, mas não apresentou argumentos convincentes sobre os fatos.

"O outro caso é mais grave, pois a acusação é de corrupção e ajuda de prática de crime. Tal padre (João Maria) estaria recebendo dinheiro para ocultar um assassinato. O padre nem chegou a ser interrogado pelo bispo e o mesmo não sabe das acusações que pesam sobre ele. Portanto, o caso pede absoluto sigilo."

— Meu Deus! Essas são acusações gravíssimas – comentou Júlio ao seu superior.

— Portanto, Júlio, você deve proceder com extremo cuidado e tato. Irá para Divinópolis com o pretexto de fazer um estudo de teologia, ficando hospedado no convento da cidade. A madre superiora e somente ela será comunicada sobre sua verdadeira missão. Com cautela deverá levantar os verdadeiros fatos sobre essas denúncias. Entendido?

— Sim, senhor. Agirei com extremo cuidado.

Uma semana depois, Júlio estava em Divinópolis. Recebido pela madre, foi alojado em uma cela comum do convento, e lá começou a planejar cada passo que daria no rumo das investigações.

Em poucos dias, conheceu toda a história do padre José, que, apesar de confirmada, apresentava uma atenuante: fora a mulher que se apaixonara pelo padre e, desde então, passara a persegui-lo. Depois de várias investidas, o padre foi vencido pela tentação e cedeu. Os encontros amorosos tornaram-se frequentes, e o padre se acostumou com a situação. Interpelado por Júlio, pediu perdão pelo erro e demonstrou arrependimento, sendo aconselhado a pedir transferência para um lugar bem longe dali. O padre José seguiu seu conselho, sendo transferido para o interior do Rio Grande do Sul.

Entretanto, no segundo caso, ainda não tinha conseguido levantar nenhuma informação importante. Mas, com o tempo, descobriu que o padre João Maria usava seu poder de sacerdote e subjugava as pessoas, fazendo-as reféns de suas crendices e ignorância, arrecadando com isso muitas doações em dinheiro, que não eram comunicadas à arquidiocese. Somente essa acusação era suficiente para a punição do padre, mas Júlio queria desvendar tudo sobre a principal acusação. Acreditava que logo algum fato novo traria à tona todo o crime. Todas as pistas que surgiam mostravam-se frágeis e logo perdiam consistência. O caso ficou suspenso por quase um mês, quando um acontecimento inusitado mudou o rumo das investigações.

Na semana em que o padre João Maria viajou à capital, para resolver problemas particulares, Júlio, então o único padre na cidade, foi chamado para dar a extrema-unção a um fiel, e este pediu para fazer sua última confissão. Júlio atendeu prontamente, ajoelhando-se na beirada da cama para melhor ouvir.

— Padre, eu cometi muitos pecados graves – falou num tom quase inaudível.

— Todos nós cometemos pecados, meu filho – respondeu Júlio, tentando acalmá-lo.

— Não padre – continuou o enfermo –, eu roubei e matei por ouro e diamantes.

Júlio, percebendo que ali poderia estar a chave do mistério, incentivou o enfermo a contar tudo.

— Meu filho, conte tudo que sabe e talvez Deus o perdoe de seus crimes.

— Padre, eu trabalhei para dom Alexandre, e por ordem dele eu roubei diversas pessoas que trabalhavam no garimpo da serrinha, sob a alegação de que as terras eram da Igreja e eles não podiam garimpar lá.

— Sim, mas as terras são mesmo da Igreja? – perguntou Júlio.

— Não! Elas foram da Igreja há muito tempo atrás, mas foram trocadas pelo terreno onde está construído o convento atualmente. Só que as únicas pessoas que sabiam disso eram o padre João Maria e dom Alexandre.

— Mas você falou que matou também. Por quê? – perguntou Júlio, curioso.

— Acontece que um dos garimpeiros descobriu a farsa. O padre João e dom Alexandre ordenaram que eu desse um sumiço no homem.

— Você está me dizendo que o padre ordenou que matasse o garimpeiro?

— Isso mesmo. O padre João foi o idealizador de tudo. Ele ficava com a metade de tudo que arrecadávamos dos garimpeiros.

— Meu Deus!

— Padre, por favor perdoe-me, eu não quero ir para o inferno – gritou o enfermo, já num último esforço.

Júlio, meio atordoado com as declarações, fez o sinal da cruz e, quando ia começar a oração de perdão, notou que o homem dera seu último suspiro. Então começou a rezar pela alma do finado.

No dia seguinte seguiu viagem de volta ao Rio de Janeiro. Durante a viagem elaborou mentalmente o relatório que faria ao seu superior.

Quando entregou o relatório, seu superior quase não acreditou no que ele tinha descoberto.

— Você tem certeza de tudo isso?

— Soube de tudo em confissão – respondeu Júlio.

— Meu Deus! Como pode um padre fazer isso?

— Todos nós estamos sujeitos a cair em tentação e praticarmos o mal. O problema vai ser provar que ele e dom Alexandre são comparsas nesses crimes, afinal de contas o segredo me foi contado em última confissão.

— Não precisa se preocupar, nós levaremos o caso até a polícia e ela saberá qual a melhor forma de dar continuidade às investigações e punir os culpados. Nosso trabalho termina aqui. Meus parabéns padre Júlio, você foi muito competente.

— Obrigado, mas Deus me ajudou, Ele me colocou no caminho daquele infeliz.

Falando assim, despediu-se de seu superior e saiu da

sala, indo para seu aposento. Passou a noite toda pensativo.

Tempos depois, procurou o mestre José para uma conversa:

— Mestre, lembra quando lhe perguntei por que a Igreja não revelava aos fiéis a verdadeira história do pós-morte?

— Lembro-me também que lhe disse que você acharia a resposta no futuro. Certo! Já achou a resposta?

— Infelizmente, sim. Agora entendi que existem muitos interesses e que a revelação desses assuntos colocaria em risco a posição da Igreja frente aos seus fiéis, visto que tais fatos já estão arraigados na cultura de toda a população católica. Divulgar que a realidade é outra provocaria uma confusão muito grande, portanto nunca a Igreja irá aceitar essa realidade. Teremos que continuar mentindo para as pessoas, e elas irão continuar acreditando em céu e inferno. Mas, até quando?

— Até quando Deus quiser – respondeu o mestre.

— Ou até quando os espíritos começarem a se manifestar mais intensamente. É assim que surgirem mais intermediários aqui na Terra, que consigam entender essa comunicação entre os vivos e os mortos.

— Isso não vai demorar muito a acontecer.

— Mestre, eu não consigo mais viver nessa farsa, estou pensando em procurar uma cidade bem pequena no interior, onde possa ensinar corretamente a todas as pessoas a realidade do mundo espiritual.

— Se é isso que acha certo, faça já. Não perca tempo.

Júlio então solicitou sua transferência para o interior do Mato Grosso.

Andou por diversos vilarejos, tentando transmitir os verdadeiros ensinamentos espirituais, mas não obtinha muito sucesso em sua empreitada. As pessoas que viviam naquela região, além de muito ignorantes, eram católicos fervorosos, portanto não conseguiam entender o que ele tentava transmitir, e isso criava constrangimentos para Júlio. Muitas vezes as pessoas o agrediam verbalmente, e outras até fisicamente. Ele até acostumou-se a ter que sair correndo do lugar em que se encontrava, para isso criou um jeito de sua bagagem estar sempre pronta, para casos de saídas urgentes.

Júlio, em sua peregrinação, chegou até o interior do Amazonas, visitando vilarejos e até algumas tribos indígenas.

Depois de cinco anos de caminhadas pelo interior, ele morreu, vítima de febre amarela. Seu corpo foi trazido para São Paulo e enterrado no mausoléu da família.

Capítulo 7

A revelação

Enquanto isso, no prédio central, mais precisamente no gabinete central, Rafael, o supervisor geral da colônia, estava em uma reunião com o diretor Tiago.
— Ele está mais adiantado do que esperávamos, Tiago.
— É natural que ele se antecipe aos processos normais, Rafael. Esqueceu quem ele é?
— É claro que não, mas se continuar assim, mais alguns dias ele conseguirá relembrar seu passado e poderá pôr a perder todo o nosso esforço em ajudá-lo.
— Eu sei disso. Mais do que ninguém quero ver meu amigo de volta ao seu lugar.
— Sim, mas se ele colocar tudo a perder?
— Eu já sei o que fazer. Vamos ter que mudar de estratégia e antecipar umas fases de sua recuperação.
— Mas, quando?
— Hoje mesmo.
Tiago então dirigiu-se lentamente à casa de Antônio. Enquanto caminhava, lembranças agradáveis percorriam-lhe a mente. Chegando, bateu à porta. Rafaela atendeu, surpresa.
— Mestre Tiago! Quanta honra.
— Rafaela, minha amiga, quanto tempo não nos víamos. Uma hora dessas quero que vá ao meu gabinete para conversarmos, certo?
— Com muita honra – balbuciou, trêmula.

— Mas venho até sua casa porque preciso conversar com Antônio.
— Ele está no quarto. Quer que eu o chame?
— Não é preciso, eu vou até lá.
Então Rafaela acompanhou Tiago até o quarto de Antônio, e bateu à porta...
— Antônio, é Rafaela. Você tem visita.
Antônio abriu a porta e, meio assustado, reconheceu seu amigo Allan.
— Allan, quanto tempo. Você sumiu! – disse, dando-lhe um caloroso abraço.
Sem que notassem, Tiago deu um enorme sorriso e uma lágrima escorreu pelo seu rosto.
— Antônio, preciso conversar com você. Podemos?
— É claro! Pode ser aqui, no meu quarto?
— Sim, pode, mas prefiro na sala, onde Rafaela e Júlio – que tinha acabado de chegar – podem acompanhar a conversa.
Sentaram-se à volta de Tiago, com semblante de curiosidade. Ele começou a falar com serenidade:
— Antes de tudo, quero que me perdoem a confusão que causei em suas mentes, quanto a Antônio me chamar de Allan. É que esse é o codinome que uso para missões especiais que realizo no umbral.
— Como assim? – perguntou Antônio.
— Uma vez por mês vou ao umbral para resgatar pessoalmente espíritos que mereçam recuperação em nossa colônia. É missão pessoal que tenho de realizar, para poder analisar o desenvolvimento humano, entender por que alguns espíritos se recusam a voltar, de que maneira eles retornarão, enfim, como anda a evolução espiritual humana. É isso.
— Mas, senhor, percebo que com Antônio foi diferente – comentou Rafaela.

— É, Rafaela, fui até o umbral para ajudar a um grande amigo, que no passado me ajudou muito.
— Como? Não estou entendendo nada – disse Antônio, assustado.
— Antônio, você ainda não conseguiu se lembrar do seu passado, mas nós nos conhecemos há pelo menos sete mil anos. Sempre encarnamos juntos, como irmãos e como amigos. Você já foi meu pai, assim como foi meu filho, você me ajudou mais do que eu a você. Sempre me deu força quando eu vacilava, me salvou inúmeras vezes, não só da morte física, mas de cometer enormes erros. E eu, pelo contrário, poucas vezes retribuí.
— Fale mais. Agora estou curioso. Você é o líder desta comunidade tão linda. Mas onde entro nessa história? O que aconteceu comigo? Que erros cometi?
— Calma, Antônio, vou esclarecer tudo para você. Talvez isso o ajude a relembrar parte de seu passado mais depressa. Vou contar apenas a última vez em que reencarnamos juntos. Não faz muito tempo, foi uma vida antes dessa que você acabou de deixar.
— Eu e você trabalhávamos no setor de planejamento, na colônia Saint Claire, na França. Você era muito bom em planejamento, conseguia com que todos os espíritos recebessem suas missões sem excessivo peso e, assim, quase todos conseguiam cumprir suas metas a contento. Era admirado por todos, e eu era seu assistente. Depois de muitos anos de trabalho na colônia, achamos que deveríamos realizar algum trabalho auxiliatório também no plano terreno, e fomos autorizados a reencarnar. Tal pedido foi feito ao conselho superior, visto que já havíamos conquistado uma evolução respeitável no plano moral.
"Depois de analisado, nosso pedido foi aceito. Nossa missão seria de ajudar as pessoas em seu sofrimento carnal e espiritual. Retornamos à Terra. Meu nome era Allan e

o seu, Jardel. Como sempre, desde pequenos fomos amigos, crescemos normalmente, na juventude nos separamos para dar início à nossa missão. Eu fui estudar para ser padre, pois eu ajudaria na parte espiritual, e você foi para a faculdade de medicina. Tudo correu como planejado: nos formamos e, um ano depois da formatura, nos encontramos em Paris e recomeçamos a amizade, só que agora com o mesmo objetivo. Conversávamos sobre como as pessoas precisavam de ajuda, eu pelo lado espiritual e você pelo da saúde pública, sem abandonar o espiritual, pois você mesmo dizia que um homem pode ser o mais forte do mundo, mas sem Deus é fraco perante si mesmo.

"Nós começamos um trabalho pioneiro. Visitávamos as pessoas de casa em casa. Eu dava conselhos espirituais e você de saúde. Acho que realmente a parte espiritual era a que menos importava, pois o povo tinha uma religiosidade acima da média, mas a higiene era fraquíssima e, por mais que você falasse da importância da limpeza, as pessoas não praticavam o que era ensinado. O resultado foi uma peste que se espalhou com a velocidade de um raio: de um dia para outro milhares de pessoas começaram a morrer. Você, numa luta incrível, tentava de todas as maneiras salvar as pessoas. Nessa época tão triste, você transformou sua casa em hospital e laboratório, procurava de todas as formas o que causava tal enfermidade. Com as medidas de confinamento e incineração que tomou, a doença foi controlada e sua fama de médico chegou à corte.

"Vários nobres o procuravam. Em pouco tempo você era o médico oficial da corte. Até mesmo o rei consultou-se com você, que começou, então, a receber dinheiro do Estado para pesquisa em seu laboratório e, com isso, começamos a ajudar mais pessoas. Quando você percebia que o problema de uma família era a fome, doava alimentos, doava medicamentos, roupas e até dinheiro. Em frente à sua casa formavam-se filas de pessoas, em busca de ajuda. Eu procurava ajudar como podia. Foram dias difíceis, mas fortalecedores do espírito."

Tiago interrompe a narrativa por alguns instantes, pois as lágrimas o atrapalhavam. E depois continuou:

— Mas o pior estava para acontecer, algo que não tínhamos planejado, mas os mentores superiores queriam nos pôr à prova. O grande desafio de todos nós é justamente conseguir suportar a surpresa dos acontecimentos e procurar decidir corretamente qual caminho seguir. Nesses casos, Deus sempre nos coloca duas alternativas: uma é a correta, a outra nem sempre, apesar de não ser de todo errada; apenas paralisa a nossa evolução, até que voltemos para corrigir esse erro. Às vezes, é com ela que iremos evoluir mais rapidamente num momento seguinte, visto que essa parada era apenas para adquirirmos algum conhecimento que ainda não tínhamos, e que nos faria falta no futuro.

"Você conheceu, na corte, Jaqueline, uma moça muito bonita e cheia de encantos por fora, mas por dentro vazia e mesquinha, principalmente por causa do ambiente em que vivia, de promiscuidade e perversão. Você não sabia disso e sentiu-se atraído pela jovem. Começou a cortejá-la e ela, sabiamente, o enfeitiçava com seus encantos. Estava realmente apaixonado e não enxergava as maldades de Jaqueline, que detestava os pobres à sua porta pedindo ajuda. Toda vez que ia visitá-lo, antes de entrar, mandava seus servos expulsarem as pessoas da frente da casa. Isso causava indignação em você, mas cego de paixão, se entregava aos encantos de Jaqueline e esquecia o acontecido. Eu tentava acordá-lo para a realidade, e você dizia para eu não me preocupar, pois no dia seguinte iria buscar aquelas pessoas pessoalmente. Realmente procurava e as ajudava, como se nada tivesse acontecido, e esquecia o assunto. Eu estava preocupado, mas nada podia fazer. A decisão era sua.

"Nesse período estourou a Revolução Francesa. Muitos nobres foram executados sem piedade pelos revolucionários. Jaqueline, logicamente, estava na lista. Você ficou inconsolável e perdeu totalmente o controle emocional. Chamava as pessoas que vinham lhe pedir ajuda de traidores e expulsava todos de sua casa. Uma comissão da Revolução chegou a analisar o pedido de sua execução por traição ao povo, mas com minha intervenção, provei que você estava apenas desorientado com a execução da amada e, com o tempo, voltaria a ser o que era. Como todos conheciam sua generosidade, o assunto foi dado como encerrado, mas você isolou-se. Não mais atendeu em seu consultório. O laboratório foi confiscado pelo governo e levado para outro prédio. Eu tentava ajudá-lo, mas você não reagia, não se alimentava direito, vivia trancado em seu escritório, sentado em sua poltrona predileta e cercado por um espírito muito horrendo, que lhe sugava as energias. Um ano depois, morreu vítima de parada cardíaca. Depois soube que o espírito que eu enxergava sempre a seu lado era Jaqueline, e que ela provocou sua morte prematura.

"Fiquei desolado, sem saber o que fazer. Pedi transferência para uma pequena paróquia no norte da França, e lá permaneci até minha morte, vinte anos depois.

"Após sua morte, você foi auxiliado por amigos da colônia. Sua recuperação foi rápida, apesar de não concluir com êxito sua missão. Tinha muitos pontos a seu favor e desfrutava da confiança do mentor da colônia, mas infelizmente nunca mais assumiu o controle do planejamento. Foi transferido para a área de busca, onde seu enorme conhecimento tornou-o uma referência para os outros espíritos que o auxiliavam.

"Na época da minha desencarnação, você foi me buscar e me auxiliou na recuperação. Eu fui trabalhar no hospital da colônia. Um ano após a minha chegada, estava indo em direção da sua casa, quando você passou por mim gritando de felicidade: 'Achamos ela, Allan, achamos!'

"Você passara todos aqueles anos procurando Jaqueline no umbral. Enquanto obsidiava você encarnado, Jaqueline mantinha certa lucidez. Após sua desencarnação, para a qual ela mesma, por ignorância, concorreu, pois tinha esperanças de que ficariam juntos, ela ficou sozinha. Presa em seus remorsos, começou a vagar pelo umbral, sem destino, às vezes sendo assediada por espíritos horripilantes, que a assustavam mais e mais. Você pressentia seu sofrimento e, toda vez que saía em serviço de busca, tinha esperança de achá-la, até que um dia uma patrulha que não era chefiada por você localizou uma mulher atormentada. Como não tinha autorização para trazê-la, retornaram e a descreveram. Era Jaqueline. Você autorizou sua busca e, quando a trouxeram, foi correndo ao hospital para vê-la. Ela estava muito mal e precisou de muito tempo e carinho para se recuperar.

"Você foi como que um anjo para ela. Todos os dias estava lá para ministrar-lhe passes energéticos e, com o tempo, ela foi recuperando sua energia e consciência, passando a morar na colônia, sob sua supervisão. Fez diversos cursos, recuperando-se totalmente. Dez anos depois, fomos convidados a construir uma nova colônia. Esse era um projeto antigo que tínhamos em mente, mas para isso precisávamos de autorização e evolução espiritual. A nova colônia seria no Brasil, onde nosso mestre disse que seria o celeiro espiritual da nova era que se iniciaria. Viemos para cá e começamos a construir isso que é hoje a colônia Recomeçar.

"Pouco tempo depois, você recebeu a notícia de que deveria reencarnar para concluir a missão que havia deixado anteriormente. Nasceria no Brasil, em uma família de posses, e seria um futuro barão. Jaqueline, por sua vez, nasceria em uma família paupérrima, mas o destino iria juntá-

-los e viveriam tudo aquilo que não viveram na encarnação anterior. Jaqueline partiria ainda jovem, para continuar seu desenvolvimento aqui, e você, agora Antônio, continuaria sua missão de ajudar as pessoas, só que, dessa vez, seriam os escravos, que eram os grandes sofredores na época.

"Como Antônio, até que conseguiu lutar contra o regime escravagista da época, apesar de infelizmente demonstrar uma covardia que eu não conhecia, pois, com medo de perder tudo que seu pai construiu, não admitia perante as outras pessoas a abolição da escravatura. Apesar disso, seus escravos não eram maltratados, pelo menos na sua presença, pois estava sempre muito atento a tudo que acontecia em sua fazenda.

"Jaqueline, agora como Alice, também o ajudava, sendo muito bondosa com todos, mas a morte prematura dela novamente trouxe angústia ao seu coração. Você, Antônio, largou a fazenda na mão dos seus capatazes, que não respeitavam os escravos e começaram a cometer atrocidades. Alheio ao mundo, você nem notou quando seus dois filhos mais velhos foram lutar na Guerra do Paraguai e não voltaram. Com a morte dos outros dois filhos ainda jovens é que você acordou e percebeu que estava se desviando do seu caminho. Tentou retornar, mas já era tarde. Errou novamente. Por mais que tentasse, não conseguia desenvolver esse seu lado apegado às pessoas a quem amava, o que o levava ao desespero. Esquecia que a morte é apenas o começo de uma nova vida.

"O único teste de sua vida realmente seria o momento da morte de sua mulher. Você deveria escolher o caminho da vida e continuar forte, criando seus filhos e até casando-se novamente. Realizar sua missão, que estava perto do fim. No entanto, caiu novamente na melancolia e permitiu que espíritos maléficos se aproveitassem da situação, sugando sua energia. Daí para frente, além de não terminar sua missão, ainda deixou que pessoas malvadas tomassem conta da situação e prejudicassem outras pessoas. Quando de sua desencarnação, procurei-o imediatamente, tentando ajudá-lo, e agora estamos aqui."

Lágrimas corriam dos olhos de todos, com a narrativa emocionada de Tiago.

Antônio começou a relembrar-se desses fatos narrados e, num gesto rápido e emocionado, abraçou o velho amigo.

— Allan, agora lembro de tudo! Como é bom revê-lo, como é bom estar de volta ao lar – disse, com a voz rouca e o rosto coberto de lágrimas.

Capítulo 8

O *recomeço*

No outro dia, Antônio, a convite de Tiago, visita o departamento de planejamento. Para Antônio, seria um recomeço, pois seu grande conhecimento na área ainda estava preso em sua memória. Precisava de mais tempo para poder liberar tudo. É como estar longe da escola por muito tempo e voltar de repente. Você sabe que conhece as matérias, mas não consegue lembrar-se de tudo que já aprendeu, pois ficou muito tempo sem usar.

Tiago recebe o amigo e, juntos, dirigem-se para a sala do novo coordenador, que se chama João.

— João, este é Antônio, grande amigo e que já fez esse trabalho de planejamento. Gostaria que ele o acompanhasse e que você o ajudasse a recuperar seus conhecimentos nessa área.

Os dois se cumprimentam com simples reverência de cabeça e João, com muita humildade, fala:

— Mas mestre, ele tem dez vezes o meu conhecimento, como vou ensinar a alguém que poderia ser meu professor?

— É simples: ensinando como se fosse um professor. Todos nós, por mais conhecimentos que tenhamos, sempre teremos o que aprender. Antônio é recém-chegado do plano carnal, ainda sente dificuldades para lembrar-se de todo o seu passado, e isso vai acontecer com o tempo. Tenha paciência e simplesmente continue seu trabalho, que ele irá acompanhá-lo.

Antônio ficou ali parado, só escutando. Depois de

mais alguma conversa, Tiago saiu, deixando-os. Por alguns instantes, os dois ficaram parados se olhando, e João quebrou o gelo, falando primeiro:
— Vamos trabalhar?
— Vamos – respondeu Antônio.
— Bem, o que gostaria de fazer? – perguntou João.
— Que tal começarmos pelo início?
— Lógico, me desculpe. Esqueci que não se lembra de tudo.
— João, não precisa ficar nervoso, gostaria apenas que você começasse a me mostrar como funciona seu departamento, só isso. Se eu tiver dúvidas, pergunto. Certo?
— Certo! Esse departamento é dividido em área de pesquisa e área de elaboração. Nosso trabalho começa pela pesquisa, onde é feito um estudo completo da evolução do espírito que vai retornar ao plano carnal. Procuramos identificar todos os seus conhecimentos, virtudes e fraquezas, procuramos analisar sua última encarnação. Se nessa análise chegamos à conclusão de que será necessário um aprofundamento em outras encarnações, pedimos autorização aos planos superiores. Recebida a autorização, retornamos ao passado, até encontrarmos o ponto de partida para a solução do problema. Esse conhecimento é essencial para que possamos criar diversas variáveis de desenvolvimento para determinado plano de ação, com objetivo de eliminarmos algum tipo de fraqueza moral. Usamos parte de seus conhecimentos e juntamos a isso algumas virtudes, assim ele pode usar esse conjunto de fatores para resgatar uma fraqueza que ainda não tenha conseguido eliminar. Outras vezes terá que retornar para resgatar uma dívida para com outros, portanto poderá ou não usar seus conhecimentos ou terá que desenvolvê-los durante sua passagem no plano material, e assim por diante.
— Sim, mas como é feito tal subtração de conhecimentos?

— Existe um departamento que cuida do desenvolvimento biológico dos futuros encarnados, usando o material analisado por nós e, de acordo com nosso relatório, eles procuram os melhores meios para que cada novo corpo desenvolva qualidades ou defeitos dentro do projeto estabelecido. Por exemplo, um espírito que cometeu suicídio com um tiro na cabeça, essa alma poderá ter problemas cerebrais que irão causar-lhe desconforto durante sua estada na Terra, mas as chagas de seu sofrimento irão curar seu perispírito e, se ele aguentar tal prova, terá conseguido resgatar sua dívida. Outro exemplo é o espírito que cometeu um assassinato; poderá resgatar esse erro tendo que suportar o peso de cuidar da alma vitimada como parente próximo, com algum problema físico ou com uma doença grave, normalmente originada pelos ferimentos causados do ato extremo de seu algoz pretérito. Se porventura abusou de substâncias ou atitudes equivocadas, poderá ter problemas físicos relativos à dependência anterior.

— Agora entendi. E como continua o estudo dos casos?

— Já a área de elaboração recebe todas essas informações e faz um roteiro, onde fica definido de que maneira será feito esse retorno, em que família, em que condições, em que período da vida surgirão as encruzilhadas decisivas...

— Como assim? – interrompe Antônio.

— As encruzilhadas decisivas são aqueles momentos em que você tem que tomar uma decisão. Às vezes elas podem ser bem simples, mas mesmo assim são importantíssimas para a realização ou não do seu desenvolvimento ou resgate. Essa é uma operação muito complexa, é preciso muito planejamento e cuidado, pois às vezes envolve uma ou mais pessoas, e todos estão interligados. Um equívoco nosso pode causar um grande prejuízo para todos os envolvidos, mas quando a elaboração de um roteiro envolve pessoas de outras colônias, fazemos reuniões para decidirmos qual caminho tomar. Normalmente nossa área de atuação fica somente em decisões pessoais.

— Sim! Agora estou me lembrando, a missão de vocês é dar alternativas para que a pessoa tome decisões pessoais e encontre o caminho para realizar o objetivo que lhe foi proposto ou pedido, certo?

— Exatamente. Deus nos deixa livres para tomarmos a decisão que quisermos. Portanto, nosso objetivo é dar essas condições. Normalmente são duas opções, às vezes podem ser várias. Dependendo da escolha da pessoa, ela vai tomar um caminho que pode ser longo ou curto, mas, de qualquer maneira, ele vai se ajustar no final. Apesar da pessoa não perceber, ela tem consciência do dever, mas ao mesmo tempo medo de não suportar a prova. Esse temor íntimo faz com que ela escolha o menos penoso, mas esquece que o objetivo está longe de ser alcançado. No caminho mais curto, o sofrimento às vezes é um pouco maior, mas em compensação o objetivo é logo atingido. Já no longo, ele terá certa facilidade. É nossa obrigação colocar muitos obstáculos nesse caminho, para que ele perceba e aprenda com os seus erros e dificuldades e, em outra encruzilhada decisiva de sua vida, escolha o caminho certo e siga direto para seu objetivo. Você acha que, se não escolhermos esse caminho, atingiremos o nosso objetivo?

— Não sei, talvez tenhamos que recomeçar tudo de novo para, depois, conseguirmos.

— Sim, mas esse recomeçar implicaria em ter que reconquistar a confiança das pessoas. Só isso já é um trabalho talvez mais penoso do que se enfrentássemos.

— É, realmente não tinha pensado nisso. Mas, por que algumas pessoas têm tanta dificuldade na vida? – pergunta Antônio.

— Você se refere à falta de bens materiais?

— Também! Mas outras dificuldades, como fome, doenças degenerativas e dores morais?

— Tudo está relacionado com suas decisões pretéritas, que acabam impondo dificuldades no presente. Para que esse ser possa evoluir, talvez precise sentir as mesmas dificuldades que provocou a outro. Os sofrimentos não existiriam se em seu passado as pessoas seguissem os ensinamentos de Jesus e amassem seu próximo como a si mesmas.

— Mas nós, aqui, não poderíamos ajudar esses irmãos no sentido de minimizar um pouco seus sofrimentos? - pergunta Antônio, com um olhar triste.

— Antônio, existe uma história terrena que sintetiza bem aquilo que acabei de falar. Você deve conhecer a história da borboleta...

— Não! Não me lembro – respondeu Antônio, com ar de curiosidade.

Então João começa a narrar a história para Antônio:

— Um homem observava com atenção a pequena abertura que apareceu no casulo pendurado em um galho da árvore do seu quintal. Sentou-se na varanda da casa e acompanhou por várias horas o esforço e o sofrimento da borboleta, tentando sair do casulo. Tanto se esforçava para fazer com que seu corpo passasse através daquele pequeno buraco, que o homem já estava ficando impaciente.

"Notando que a pequena borboleta não alcançava muito progresso, o homem decidiu ajudá-la. Pegou um canivete e cortou o restante do casulo. A borboleta então saiu facilmente, mas seu corpo ainda não estava pronto, era pequeno, e suas asas estavam amassadas, como se estivessem grudadas por uma substância pegajosa.

"O homem continuou a observar a borboleta, esperando que a qualquer momento suas asas se abrissem para suportar o peso do corpo, e ela pudesse voar livre pelo ar.

Mas para sua surpresa, nada disso aconteceu. Na verdade, a borboleta passou a rastejar-se pelo chão, com as asas encolhidas, e nunca foi capaz de voar. O homem, com sua gentileza e vontade de ajudar, não compreendia que o casulo apertado e o esforço da borboleta para passar através da pequena abertura eram necessários para o fortalecimento de suas asas.

"Não compreendendo e, por essa razão, não confiando nas leis da natureza, o homem fez um grande mal à borboleta, pensando em fazer um bem. Na tentativa de ajudá-la, não permitiu que ela fizesse os esforços necessários ao próprio desenvolvimento.

"Muitos de nós, por não compreendermos as leis divinas, achamos que, pelo fato de termos de fazer esforços e passar por dificuldades na vida, estamos sendo prejudicados. Todavia, o esforço e as dificuldades são justamente o que precisamos para desenvolver as asas da liberdade.

"Se Deus nos permitisse passar pela vida sem quaisquer obstáculos, não iríamos ser fortes nem capazes de alçar voos mais altos, na direção da luz.

"Assim, quando evitamos que nossos parentes ou amigos façam esforços para vencer desafios naturais, estamos impedindo que fiquem fortes o bastante para romper o casulo da ignorância e crescer com as próprias experiências.

"Muitas vezes, na tentativa de ajudar, acabamos prejudicando sobremaneira aqueles que tanto amamos, fazendo por eles as tarefas que lhes competem. Deus, que é a suprema bondade, oferece a todos os Seus filhos a oportunidade de elevação nas lutas do dia a dia.

"Portanto, como vê, a responsabilidade do nosso departamento é enorme."

— João, gostaria de acompanhar um caso, para ver isso na prática.

— Lógico, temos vários. Vou te encaminhar para dois casos que, pessoalmente, acho muito interessantes.

João levou Antônio ao assistente que estava cuidando de um dos casos.

— Antônio esse é André. Ele está cuidando do processo de planejamento do senhor Jurandir. André, por favor explique tudo e mostre a Antônio como está sendo elaborado o projeto de reencarnação do Jurandir.

Antônio acompanhou André até uma pequena sala, onde estavam mais cinco pessoas sentadas em volta de uma mesa. André apresentou Antônio a todos, e começaram a reunião.

— Antônio, primeiro vou explanar a você as informações que a área de pesquisa nos passou. Você pode até achar esse relato muito comum, mas devo dizer que a maioria dos casos de reencarnação de resgate se originam dessa maneira.

Capítulo 9

O caso Jurandir

Jurandir nasceu em uma família de classe média. O pai era comerciante e a mãe costureira. Com raro talento, teve educação e estudou até o fim o colegial, com possibilidades de ir para uma faculdade, mas preferiu ficar ajudando o pai na loja. Tinha uma irmã mais nova, que desde pequena queria ser freira. Vivia com a mãe na igreja e adorava as atividades desenvolvidas na paróquia. Aos dezesseis anos foi para um convento carmelita e, daí em diante, raríssimas vezes apareceu para visitar a família. Isso somente enquanto era postulante, pois depois de formada freira, tornou-se reclusa no convento, onde ficava rezando o dia inteiro. A mãe, uma vez por ano, tinha permissão para visitar a filha. O pai de Jurandir passava os dias perguntando a si mesmo por que o destino tinha feito aquilo com sua filhinha, uma moça tão bonita, que podia casar-se com um rapaz de bem, ter uma família linda, no entanto ficava agora escondida do mundo. "Se pelo menos fosse como as freiras normais, que saem às ruas e levam uma vida como qualquer pessoa", pensava.

— A mãe falou que ela fica rezando pelas pessoas do mundo – comentou Jurandir com inocência.

— Como se isso adiantasse alguma coisa. Precisamos ajudar as pessoas aqui, dar-lhes conselhos, comida e carinho, isso é ajudar os pobres – falou o pai da moça.

Mas mesmo contrariado, o velho continuou sua vida. Jurandir, sentindo que seus pais precisavam de seu apoio, continuava a viver com eles. O tempo passou e, depois de cinco anos, Jurandir percebeu que, por causa de seus pais, estava perdendo grandes oportunidades. Nunca tivera namoradas, vivia apenas para os negócios da família, de vez em quando participava das festas da igreja onde sua mãe era sempre a responsável, mesmo assim trabalhava mais do que se divertia.

Mas em uma festa junina promovida pela igreja conheceu Renata, uma linda morena de cabelos curtos e olhos verdes. Nunca reparara antes o quanto era bonita, pois não era de hoje que Renata participava das festas da igreja. Só que Jurandir, sempre desligado do mundo, não demonstrava interesse em fazer amizades.

Renata, ao contrário, era expansiva e tagarela. Tinha muitos amigos e gostava de se sentir o centro das atenções. Sabia que sua beleza física chamava a atenção e aproveitava-se disto com muita habilidade. Todos os rapazes procuravam, de todas as formas, realizar seus desejos. Só que, por dentro, Renata era triste e amargurada. Odiava a mãe, que era tão bonita quanto ela, tinha muitos homens ao seu lado, vivia em festas e normalmente embriagada. Seu pai morreu quando ainda era bebê, com dois anos de vida, portanto não se lembrava dele. Apenas sabia como ele era por causa de um retrato de casamento que a mãe guardara em uma gaveta, e que ela descobriu por acaso, quando fazia uma arrumação no armário.

Desse dia em diante passou a guardá-lo em sua cômoda e, de vez em quando, ficava a conversar com o pai:

— Hoje estou muito triste, meu pai. A mãe saiu de novo com aqueles homens nojentos, e isso significa que vai voltar para casa bêbada novamente. Não sei mais o que fazer, preciso de sua ajuda.

Quando terminou, lágrimas escorriam pelo seu rosto.

Um mês depois da festa junina, Jurandir encontrou

Renata na rua. Ela logo puxou conversa com ele, pois gostava do jeito tímido de Jurandir e, afinal de contas, ele era muito simpático e bem apessoado.
— Boa tarde, Jurandir!
— Boa tarde, Renata! Como está?
— Estou bem. Você pelo jeito continua o mesmo, sempre com pressa!
— Não é bem assim, é que tenho tantas coisas para fazer que não sobra muito tempo para ficar jogando conversa fora com os amigos.
— Mas eu nunca vi você com amigos!
— É, não tenho mesmo muitos amigos – falou com o rosto vermelho de vergonha.
— Bem, eu estava passeando aqui perto e resolvi passar e convidá-lo para a minha festa de aniversário.
— É mesmo? E quando será?
— Sábado. Gostaria muito que fosse.
— É lógico que irei.
— Então estamos acertados. Até sábado.
— Até.

Jurandir não cabia em si de tanta felicidade. De repente ficava a cantarolar pelos cantos da loja. Até seu pai notou a mudança.
— Viu passarinho verde hoje? – perguntou irônico.
— Não só vi como conversei com ele – respondeu, também irônico.

Aquela foi a semana mais longa de toda a sua vida. Os dias demoravam a passar. Jurandir, ao mesmo tempo ansioso, ficava receoso da reação dos outros rapazes e pensava que iria ficar meio deslocado na festa, pois não conhecia ninguém. "O que iria fazer depois que chegasse lá", pensava.

O dia chegou e ele ficou mais nervoso ainda. Largou o serviço logo após o almoço, foi para casa, tomou um longo banho, perfumou-se, vestiu seu melhor terno, pegou a pequena caixa envolvida em lindo papel de presente e por um delicado laço cor-de-rosa, e saiu em direção à casa de Renata.

Chegando, observou que ela não era rica, pois sua casa era humilde.

— Mas ela parece ser uma pessoa tão fina, pensei que fosse rica – murmurou em voz baixa.

Renata, ao avistar o amigo no portão, correu para atendê-lo.

— Que bom que chegou! Vamos, entre. Vou apresentá--lo a alguns amigos.

Jurandir abriu um sorriso largo de satisfação, e seguiu junto a ela até um pequeno grupo de jovens que bebiam cerveja. Feita as apresentações, o grupo ofereceu bebida ao novo integrante do grupo, e ele educadamente recusou, alegando só tomar refresco. Os jovens do grupo estranharam tal comportamento, mas não deram muita importância, continuando a conversa animadamente.

Jurandir ficava observando Renata. Ela parecia mais linda do que nunca. Estava fulgurante naquele vestido rosa claro todo rendado. Andava pela sala conversando com todas as pessoas. De repente, uma senhora muito simpática e com um copo na mão pegou Renata pelo braço, e conversaram um pouco. Renata saiu com ela da sala, e Jurandir procurou aproximar-se mais da porta, onde poderia visualizar as duas melhor. A senhora, neste instante, apresentava Renata a um rapaz muito elegante e simpático. Como que tomado por um impulso instantâneo, Jurandir sentiu um frio correr pela espinha, e passou minutos remoendo-se de ciúmes.

— Quem será aquela senhora que acaba de apresentar tão simpático rapaz a Renata – pensou, cheio de raiva.

— Logo agora que consegui vencer minha timidez, chega esse infeliz.

Nesse instante Renata deixa o rapaz no jardim e encaminha-se para dentro, acompanhada pela senhora. Na porta, encontra com Jurandir e então apresenta a senhora que a acompanhava:
— Jurandir, gostaria que conhecesse minha mãe.
Jurandir, meio confuso e assustado, demora para reagir.
— Jurandir! Está bem?
— Sim, sim. Como está, minha senhora? Muito prazer...
A mãe de Renata, assustada com a reação do rapaz, respondeu à saudação meio desconfiada, e puxou a filha para dentro de casa.
— Esses seus amigos são meio estranhos. Esse aí parece bobo.
— Não ligue, Jurandir é muito tímido.
— Tímido, é! Esses é que são perigosos.
Jurandir ficou ali parado e pensativo. Notou que a mãe da moça não gostara dele, e ele, por sua vez, reconheceu que estava totalmente enganado a respeito de seus pensamentos. Sentiu um pouco de vergonha de si mesmo.
A festa corria normalmente, até que uns casais começaram a dançar no centro da sala. Jurandir pensou em convidar a aniversariante para uma contradança, mas demorou a tomar coragem, e outros fizeram o que queria fazer. Renata, por sua vez, aproveitava e dançava com todos. Jurandir desistiu, procurou uma cadeira e sentou-se, desanimado.
Quase perto do final da música, que tocava no gramofone, Renata saiu em direção a Jurandir:
— Não sabe dançar?
— Sei – respondeu meio encabulado.
— Então venha dançar comigo.
Jurandir foi, e começaram a dançar maravilhosamente bem. Renata surpreendeu-se com tamanha desenvoltura.

— Vejo que sabe mesmo. Onde aprendeu a dançar tão bem? – perguntou curiosa.

— Aprendi com minha mãe. Volta e meia ela coloca um disco no gramofone e me convida a dançar com ela. No começo foi horrível, ela ia para um lado, eu para o outro, mas depois de algum tempo já estava acompanhando-a nos passos.

Quando a música acabou, Jurandir encheu-se de coragem e falou a Renata que gostaria de conversar com ela a sós. Ela, notando a seriedade com que ele falava, aceitou, mas nesse instante várias pessoas puxaram-na para outra sala, a fim de que apagasse as velinhas do bolo. Jurandir, meio contrariado, acompanhou. As outras pessoas aguardavam ansiosas.

Depois de passado o festejo, vários convidados retiravam-se. Renata chegou perto de Jurandir e, pegando-o pelo braço, o levou até a varanda, onde poderiam conversar.

— Então, Jurandir, o que deseja conversar comigo?

Jurandir não sabia como começar. Estava muito nervoso e tinha medo de cometer um erro e piorar ainda mais a situação. Mas agora era tarde: tinha que enfrentar sua timidez e falar.

— Renata, gostaria que não ficasse zangada comigo.
— Por que deveria?
— Bem, não sei por onde começar...
— Pelo começo, de preferência – ironizou Renata.

Jurandir encheu o peito de ar e soltou:
— Você quer namorar comigo?

Renata, surpresa, ficou parada, olhos fixos em Jurandir, como se tivesse tomado um choque.

— Me perdoe, eu não devia falar assim tão subitamente. Acontece que não tenho experiência neste assunto e...

— Quero – disse ela, interrompendo o rapaz.

Jurandir, não acreditando no que ouvia, quase desmaiou. Abriu um sorriso enorme e perguntou se estava ouvindo corretamente.

— Sim, está – respondeu a moça. – Acho você um rapaz atraente e simpático, gosto do seu jeitinho tímido, por que não iria namorá-lo?

Jurandir parecia ter ficado bobo, pois não esperava pela resposta positiva. Não confiava em si mesmo. Sempre achava que os outros o ignoravam e pensavam mal dele, no entanto Renata acabara de afirmar que gostava do "jeitinho" dele, e isso era o máximo. Sua felicidade transpareceu na hora.

— Mas tem um probleminha – argumentou a moça.

— E qual é?

— Por um tempo teremos que namorar escondido, pois minha mãe não quer que eu namore, por me achar muito nova.

— Como assim! Você acaba de fazer quinze anos. Muitas moças já estão casando nesta idade – respondeu Jurandir em tom nervoso.

— Eu sei, mas minha mãe acha que devemos estudar primeiro, e só depois um marido.

Jurandir, meio a contragosto, aceitou a ideia de namorar escondido. Pensava que, com o tempo, poderia mudar a situação. Retornando para sua casa, começou a fazer planos para o futuro, mas a imagem contrariada da mãe de Renata não saía de sua mente.

— Ela não gostou de mim e, se souber que estou namorando sua filha, vai colocar empecilhos ao nosso romance. Talvez seja melhor mesmo ela não saber, por enquanto.

O tempo foi passando e a relação dos dois foi melhorando. Em pouco tempo já tinham intimidade, encontravam-se em qualquer lugar em que pudessem ficar sozinhos. Renata passou a admirar Jurandir pela sua inteligência e sagacidade nos negócios e, por sua vez, Jurandir se admirou com o romantismo de Renata, coisa que nunca imaginou que ela tivesse.

Aproximadamente um ano depois, os dois estavam quase prontos a assumir publicamente o namoro, quando um fato impediu tal concurso. Renata, ao chegar à casa, após as aulas matinais, foi surpreendida com a visita de Roberto. Aquele jovem que sua mãe apresentou em seu aniversário estava de volta de uma viagem à Europa, e tinha em mente um único objetivo: conquistar Renata.

Após curta entrevista, Renata percebeu quais eram as intenções do rapaz e educadamente procurou dissuadi-lo de tais convicções. O rapaz ficou meio atordoado, sem saber o que fazer. Momentaneamente aceitou a desfeita, mas prometeu a si mesmo que iria descobrir o motivo de tal recusa.

Renata nada contou ao namorado, dando por encerrado o assunto. Mas Roberto passou a seguir seus passos e, em pouco tempo, descobriu o seu segredo. Tomado por um ciúme doentio, prometeu que acabaria com esse romance escondido e ficaria com Renata. Articulou um plano para conseguir desmascarar o romance e fazer com que seu concorrente ficasse desmoralizado perante sua amada.

Depois de uma semana, convidou a família de Renata para um jantar e fez com que alguns amigos contassem para Jurandir onde estaria Renata naquela noite. Renata e a mãe (que nada sabia do namoro da filha) foram ao jantar, apesar da moça achar meio sem propósito o convite. A mãe achava que era por pura educação, pois o rapaz queria apenas retribuir a cordialidade recebida na semana anterior.

Durante o jantar, Roberto nada mencionou sobre o fato de Renata ter um namorado e que ela o recusou. Foi amabilíssimo e cortês. O repasto transcorreu normalmente até altas horas. No entanto, lá fora, cheio de ciúmes e totalmente descontrolado, Jurandir, escondido atrás do muro, esperava a saída de Renata para tirar satisfações.

Com o término do jantar, Renata, já angustiada com aquela falsidade, procurou forçar a mãe a irem embora. Meio a contragosto, sua mãe cedeu. Ao saírem, Roberto fez questão de tomar o braço da moça, procurando demonstrar cavalheirismo. Renata sentiu um mal-estar com aquele gesto tão inesperado, mas não recusou o braço, visto que sua mãe iria reprovar tal atitude.

Atrás do muro, Jurandir a tudo assistia e o ódio tomava proporções agora difíceis de segurar. Chegando ao portão da casa, os três foram surpreendidos pelo ataque de Jurandir, que sem perda de tempo começou a ofender Renata e sua mãe. Assustada, a moça ficou paralisada, e a mãe, sem saber o motivo de vil ataque, com a razão já alterada pelo álcool, também revidou as ofensas. Renata, depois do susto, tentou acalmar Jurandir, falando que ele estava enganado, que não era aquilo que ele estava pensando, mas o rapaz estava totalmente tomado pelo ciúme, principalmente porque Roberto não fez nada para desmentir tal situação e ainda por cima tentava insinuar que ele era o traído. Renata tentava desmentir Roberto, mas Jurandir já não a escutava e, num súbito gesto, atacou Roberto, desferindo-lhe violento soco.

Roberto caiu e, batendo com a cabeça no chão, teve traumatismo craniano. Jurandir, assustado com o que tinha feito, saiu correndo, sem procurar escutar Renata. Diversas pessoas que acompanharam a confusão acudiram Roberto, levando-o para um hospital, mas já era tarde. Ele morreu algumas horas depois.

Jurandir foi preso e julgado culpado pelo assassinato de Roberto. Passou dez anos na prisão. Enquanto estava preso, não ficou sabendo que Renata tinha se casado e estava morando em outra cidade. Na prisão ele sofreu muito, pois não era bandido e, portanto, não gostava de participar das atividades promovidas pelos outros presos. Foi se isolando, passando então a ser o alvo dos bandidos. Também presenciou muitas atrocidades cometidas pelos policiais carcerários e, cada vez mais, angustiava-se com a situação, mas nunca se envolveu com bebidas ou drogas de qualquer espécie.

Quando saiu da prisão e ficou sabendo que Renata estava casada, morando em outra cidade, caiu em profunda depressão. Enquanto estava preso, esteve sempre vigilante, orando e pedindo a Deus que o protegesse de todos aqueles bandidos. Acontece que o seu pior inimigo não estava preso e nem vivo: Roberto procurava cercá-lo de todas as formas, mas como o espírito Jurandir estava fortalecido pelas orações, Roberto não conseguia aproximar-se para tentar acabar com ele. Quando Jurandir ficou deprimido, porém, Roberto viu a oportunidade que tanto esperava.

Obsidiado pelo espírito Roberto, Jurandir começou a beber. No começo era cerveja e vinho, mas logo passou para a cachaça, e em grandes quantidades. Com a dependência, começou a maltratar seus pais, que tentavam ajudá-lo de todos os modos. Com o tempo desenvolveu um tumor no fígado, devido à bebida, pois não tinha resistência para tal, e depois de três anos de muito sofrimento, morreu.

Após sua morte, Roberto o arrastou para as zonas mais baixas do umbral, e lá ele ficou, parecendo um zumbi, à mercê dos espíritos inferiores. Durante anos vagou, cheio de dores e sofrimento, até que uma turma de busca o encontrou, trazendo-o para cá.

Depois de um ano de tratamento no hospital, Jurandir recuperou-se e começou a trabalhar na ajuda a outros sofredores como ele. Agora, está pronto para retornar à vida terrena.

* * *

— Esse estudo que estão fazendo é para ele? – perguntou Antônio.
— Exatamente, só que esse caso não é tão simples quanto parece – respondeu André.
— Como assim?
— Acontece que Jurandir e Roberto disputam o amor de Renata há muitas encarnações. Os dois estão sempre tentando destruir um ao outro. Em uma encarnação Jurandir leva vantagem, em outra é Roberto, os dois não se entendem. Por isso, decidimos tomar outra decisão: dessa vez Jurandir vai ser o pai de Roberto, e os dois deverão se entender, finalmente.
— E quem vai ser a mãe? – perguntou Antônio, curioso.
— Renata – respondeu André.
— Muito lógico. Mas por que Jurandir vai ter o privilégio de ter o amor de Renata?
— Porque ela escolheu assim. Renata tem certa preferência por Jurandir desde o começo de suas existências. Roberto é que se intrometia na história dos dois, como na história que acabei de contar. Portanto Renata acha que, se os dois forem os pais de Roberto agora, poderão educá-lo para o bem e transmitir-lhe que deve buscar outra alma para compartilhar sua existência.
— Ela está pensando corretamente – respondeu Antônio.
— O problema é que Roberto ainda não se encontra totalmente curado e recusa-se a ajudar.
— Como fazer, então?
— A decisão de Jurandir e Renata retornarem foi autorizada pelos nossos superiores. Daqui para frente, tentaremos mostrar para Roberto a importância de sua ajuda, tanto para ele como para os outros envolvidos. Caso ele, ainda assim, se recuse a ajudar, estamos preparando alternativas para que Jurandir e Renata consigam atingir outros

objetivos, deixando esse em particular para outra oportunidade.

— Espero que Roberto não perca essa chance – comentou Antônio.

— Nós rezamos por isso – respondeu André.

— Você não teria outro caso diferente para mais uma análise?

— Tenho. Essa história é realmente muito interessante para uma análise sobre decisões confusas.

— Então conte-me – pediu Antônio, ansioso.

Capítulo 10

O caso Davi

Essa história na verdade não começa aqui nesta passagem, e sim muitas gerações atrás. Davi, Sueli e Raquel já travam lutas muito antigas, em que paixão exacerbada, ciúme e sexo se misturam mutuamente, envolvendo até outros companheiros de caminhadas, que nesta história foram seus filhos.

Davi era filho de um próspero comerciante judeu. Desde muito pequeno foi educado para continuar os negócios da família. Estudou nos melhores colégios da capital. Terminando os estudos básicos, foi estudar direito em Portugal, na Universidade do Porto. Aos vinte e dois anos de idade, já formado, voltou para o Brasil, onde deveria assumir o comando dos negócios do pai.

Rapaz de fino trato, muito bonito, de pele morena, cabelos lisos e negros, olhos azuis, alto e musculoso, muito extrovertido e galanteador, chamava a atenção de todas as moças da corte. Muito assediado, logo tomou gosto pelos prazeres carnais, e dividia seu tempo entre o escritório de trabalho e a cama de diversas moças da corte. Aliás, costume muito perigoso na época, devido a honra ser levada muito a sério pelos patriarcas. O rapaz demonstrava grande talento para se desvencilhar de enrascadas com os pais e maridos traídos. Inúmeras vezes saía correndo pelas ruas, carregando suas roupas, atrapalhado.

Nos negócios, sempre atento a qualquer novidade no mercado, surpreendia a todos com ideias revolucionárias e originais, que em pouco tempo tornavam-se realidade e grande fonte de lucro. No entanto, no campo administrativo, era péssimo: centralizador e arbitrário, seus colaboradores eram muito maltratados e por ele relegados a um segundo plano.

Milionário, usava o dinheiro de forma errada e nunca ajudava as pessoas que realmente precisavam. Quando alguém lhe pedia dinheiro emprestado, cobrava juros altíssimos, extorquindo até o último centavo de seus devedores. No entanto, quando a situação se invertia, seus credores suavam para recuperar seus ativos e, quando conseguiam, Davi não lhes pagava um único centavo a mais de juros. Desta forma, sua fortuna crescia rapidamente. Aos vinte e cinco anos, depois de um susto com o pai de uma moça que cortejava, resolveu casar. Seu pai, quando Davi ainda era criança, havia prometido casá-lo com a filha de um amigo, como é costume do seu povo. Percebeu que era chegada a hora de promover esse encontro. Entrou em contato com o amigo, perguntando sobre sua filha, e se ainda estava interessado na união dos dois.

Este, pressentindo que um futuro promissor para sua filha poderia estar perto, assegurou que ela tinha grande interesse em conhecer Davi, e marcaram um jantar na casa da moça, onde apresentariam Raquel a Davi.

Raquel, ao contrário, vivia em uma família modesta. Seu pai, também comerciante, conhecia o pai de Davi desde pequeno, porém nunca tivera a mesma sorte e habilidade para os negócios como o amigo. Raquel era professora primária e lecionava em uma escola pública no centro da cidade. Moça muito inteligente e bonita, de pele muito branca, lisa e sem manchas, longos cabelos loiros e grandes olhos azuis, com corpo bem delineado. Por todos esses requisitos, era bastante assediada, mas, muito tímida, nunca teve namorado. Sua rotina também não ajudava muito a que os rapazes lhe fizessem a corte. Durante o dia dava aulas, à noite ajudava a mãe nos afazeres domésticos. Nunca lhe sobrava tempo para outras atividades, como passeios e bailes, mas dentro de sua vida simples, ela era feliz.

Quando soube do interesse do amigo famoso de seu pai, ficou transtornada. Não queria casar-se apenas por conveniência política e, além de tudo, ficou sabendo que o futuro pretendente tinha hábitos pouco recomendados para um bom marido. Mas, como não queria contrariar seu pai, pois sabia que sua recusa poderia causar um grande mal-estar no seio de sua família, aceitou meio a contragosto a data marcada para o jantar de apresentações.

Um dia antes do jantar, Raquel, ao terminar seu dia de trabalho, foi convidada por uma amiga para tomar um chá em sua casa. Raquel agradeceu alegre pelo convite. Queria espairecer um pouco, longe do lar. Enquanto tomavam o chá e conversavam no jardim da casa, o irmão da anfitriã adentrou, conversou com alguém e, deixando essa pessoa na sala, dirigiu-se ao jardim, indo em direção das jovens.

— Desculpem a intromissão, não sabia que estavam aqui - desculpou-se o jovem.

— Deixe de bobagem, meu irmão. Quero apresentar-lhe uma amiga: essa é Raquel, minha colega de trabalho.

— Ah! Então é professora também?

— Sim, por quê? - perguntou Raquel, meio assustada.

— Não, por nada. Só acho que vocês professoras são verdadeiras heroínas.

— Não ligue, Raquel, ele é meio louco mesmo.

— De qualquer modo, muito prazer em conhecê-la.

— O prazer é meu - respondeu Raquel, apesar de achar o rapaz meio esquisito.

— Quem é seu amigo que está na sala? - perguntou sua irmã.

— O nome dele é Davi, é amigo de boemia.

Acompanhou-me até aqui para que eu pudesse trocar de roupa e depois irmos à taberna beber um pouco.

— Seja educado e nos apresente o rapaz – advertiu a irmã.

O jovem não se fez de rogado, chamando Davi ao jardim.

— Davi, minha irmã Sílvia e uma amiga dela, Raquel.

— Muito prazer – disse Davi, inclinando-se para as duas.

Ambas acharam o gesto muito cortês, mas Raquel ficou particularmente encantada pelo rapaz. Foi ela quem convidou Davi a se sentar, enquanto o outro ia trocar-se. Davi também ficou encantado com a beleza de Raquel e, depois de conversarem animadamente, ficou surpreso com sua inteligência, pois para ele todas as mulheres eram meros objetos do desejo.

Depois que os dois se despediram e saíram, as moças continuaram a conversa:

— Que rapaz interessante e bem afeiçoado. Nem parece que é amigo do meu irmão.

— Por quê? – perguntou Raquel.

— Meu irmão é boêmio, vive na taberna bebendo e saindo com todas as mulheres que encontra. Esse deve ser do mesmo jeito, que desperdício.

— Nossa, pareceu-me tão educado e cortês. Nem por um instante um desvairado.

— Não! Pelo contrário. Este pelo jeito parece ser mais controlado, mas com o tempo tende a ficar do mesmo jeito.

— Eu gostei dele – disse Raquel.

— Mas você já está comprometida, não pode gostar de outros.

— Comprometida com um homem que nem conheço e, pelo que meu pai fala, deve ser daqueles cheios de esquisitices.

— Como sabe que é cheio de esquisitices?

— É milionário, e todos os riquinhos são cheios de esquisitices – falou, fazendo um gesto engraçado.

Ambas caíram na gargalhada e continuaram a conversar sobre outras futilidades, até que Raquel foi embora, bem mais alegre.

Entretanto, no dia seguinte, Raquel acordou tarde, não foi trabalhar, alegou que estava doente e até pediu para o pai adiar o jantar. Seu pai, desconfiando do mal súbito, manteve-se firme, não aceitando desculpas esfarrapadas. Raquel ficou irada com tal posição, trancando-se no quarto até a hora prevista para chegada dos convidados.

Na hora marcada, encostou uma linda carruagem em frente à humilde casa, descendo da carruagem Davi e seus pais. Notava-se no semblante do rapaz que ele não estava contente com a situação. Foram recepcionados na porta da casa pelos pais de Raquel, que continuava no quarto. Após acomodar os visitantes, o pai de Raquel mandou chamá-la. A moça, muito a contragosto, obedeceu. Quando entrou na sala, todos se levantaram. Foi então que, para sua surpresa, estava ali na sua frente o rapaz do dia anterior, a olhá-la também surpreso. Raquel, sem querer, abriu um lindo sorriso, e Davi, notando a mudança repentina de fisionomia da moça, concluiu que ela também sofrera antecipadamente com aquela situação, dando um sorriso também.

Os dois começaram uma animada conversa. Os pais de Raquel não entenderam nada, pois até alguns minutos atrás ela estava toda nervosa e zangada. Agora, amável e feliz. O mesmo pensavam os pais do rapaz, mas como a situação era totalmente favorável a um bom entendimento dos dois, os pais resolveram fazer de conta que nada havia acontecido. Logo em seguida, o jantar foi servido e, após o repasto, todos se dirigiram novamente à sala, a fim de tomarem um cafezinho.

Davi e Raquel, no entanto, foram ao jardim para conversar.

— Eu nunca imaginei que fosse você – comentou o rapaz.

— E eu inventei que estava doente, para tentar adiar esse encontro – respondeu a moça.

— Se eu não fosse quem sou, o que faria? – perguntou o rapaz, meio irônico.

— Eu tinha planejado derramar vinho em você, para forçá-lo a ir embora – respondeu, dando risada.

— Bem pensado! – falou o rapaz, rindo também.

Depois de alguns instantes de silêncio, ele falou:

— Apesar de, coincidentemente, ter dado certo com a gente, eu sou radicalmente contra esse costume de acertar "encontros forçados".

— Eu também.

— Sim. E o que faremos daqui para frente? – perguntou Davi

— Eu é que pergunto – respondeu a moça. – O interesse de nossos pais é casar-nos. E qual é o seu interesse?

O rapaz, depois de um breve intervalo, onde procurou a resposta correta, disse:

— Gostei de você desde o primeiro momento em que a vi na casa de Raul. Gostaria de conhecê-la melhor e, quem sabe um dia, possamos firmar um compromisso. O que acha?

— Tudo bem. Mas isso significa o quê?

— Significa que gostaria de namorar você, com promessa futura de compromisso. Por quê? Não gostaria? – perguntou, com semblante triste.

— Adoraria conhecê-lo melhor, é claro que aceito!

O namoro seguiu firme. Davi a buscava todos os dias na escola e passavam horas conversando. Dois meses depois, o rapaz resolveu marcar a data do noivado, e do casamento logo em seguida.

O casamento ocorreu na única sinagoga da cidade, muito bem decorada, com arranjos de flores e um enorme tapete vermelho, que ia da entrada até o altar. Os pais e padrinhos tinham assento nas laterais, em número de sete para cada lado. O noivo, muito elegante, vestia um fraque, e a noiva um lindo vestido branco, todo bordado com lantejoulas prateadas, que, conforme a luz batia, emitiam diversos fachos coloridos de luz. A sinagoga estava lotada, e a cerimônia transcorreu normalmente. Após, estava preparada uma recepção na casa do noivo, que conforme a tradição judaica transformou-se numa verdadeira festa, com muita música e alegria, regada a muito vinho.

O tempo passou e tudo corria normalmente. Davi parecia calmo e não mais demonstrava aquela agitação que o acometia antes do casamento. Sua vida agora restringia-se entre o trabalho e sua casa.

Raquel, que por imposição do marido parou de lecionar, passava o dia em organizar seu novo lar, que por sinal era enorme. Começava por uma grande sala de visitas e outra íntima, com lareira. Ao lado destas, a sala de jantar e, logo em seguida, uma enorme cozinha com a dispensa ao lado. Na parte superior, quatro quartos grandes e, nos fundos, um enorme banheiro com uma banheira de mármore. Raquel contava com ajuda de uma empregada, mas esta ficava restrita à cozinha, visto que a jovem esposa, muito ordeira e minuciosa, gostava de arrumar a casa pessoalmente, dentro do agrado do marido.

Onze meses depois do casamento, nascia o primogênito da família, que se chamou Samuel. Um menino muito forte e bonito. Parecia-se muito com o pai: de pele morena, cabelos lisos e negros, grandes olhos azuis. Por ser o primeiro neto de ambos os lados, era muito paparicado.

Com o nascimento do seu filho, Davi tornou-se ainda mais caseiro. Ficava horas observando o menino dormir tranquilamente em seu berço, e os laços entre o casal se fortaleciam.

Um ano depois, nascia o segundo filho do casal: era uma menina, chamada Verônica. Muito parecida com a mãe: de pele branca, cabelos loiros e brilhantes olhos azuis. Davi parecia não se conter de tanta alegria. De tantos cuidados, transferiu temporariamente o escritório para sua residência.

Com o passar dos anos, a rotina começou a tomar conta do ambiente familiar. Davi começou a sentir que sua paixão por Raquel abrandava, e essa situação o deixava bastante angustiado. Foi então que começou a retomar antigos hábitos e, com a desculpa de reuniões e jantares de negócios, começava a frequentar novamente os locais de sua juventude.

Foi numa dessas noites que conheceu Sueli, moça de beleza fora do comum, morena jambo, cabelos lisos e compridos até a cintura, tinha um corpo belíssimo. De estilo liberal e com hábitos avançados para a época, bebia e fumava, frequentava bares até altas horas da noite em rodas de música, apesar de sua família ser bem estruturada e ter cursado o colégio. Por esse jeito diferente, chamou a atenção de Davi, que, apesar de ter retornado a hábitos antigos, ainda não traíra Raquel. Mas não resistiu ao charme de Sueli e começaram ali uma perigosa ligação, que no futuro só traria desilusão e revolta a todos os envolvidos.

O tempo foi passando e Davi levava a vida dupla com perfeita sincronia. Sueli sabia que seu adorado amante era casado, mas aceitou tal situação, devido principalmente à paixão avassaladora que a dominava, e também porque Davi aceitava o seu espírito de liberdade e, principalmente, sustentava-a financeiramente. Para Davi, o concubinato era normal, visto que sua tradição permitia de forma disfarçada tal atitude. A situação confortável de Davi começou a mudar quando nasceu sua filha com Sueli.

Márcia era uma menina encantadora: morena como

a mãe, de cabelos negros e lisos, brilhantes olhos verdes. Adorava o pai, e nunca desconfiou que ele tinha outra família e, principalmente, que ela tinha outros irmãos.

Assim passaram-se dez anos, até que um dia Márcia foi visitar o pai no escritório e, sem querer, ouviu a secretária comentar que ela era a outra filha do chefe. Márcia ficou desnorteada com tal revelação e, correndo para casa, procurou arrancar da mãe a verdade sobre seu pai. Sueli resistiu o máximo que pôde, mas por fim contou toda a verdade. Para surpresa da mãe, a menina não culpou Davi, afinal ele era um excelente pai. Mas queria conhecer seus irmãos mais velhos. Nessa época, Samuel estudava na Europa e Verônica em um colégio de freiras.

Márcia ainda muito jovem e sem experiência, não sabia como começar sua busca. Decidiu então contar ao pai que sabia de tudo e queria conhecer os irmãos. Como não conseguia conversar com o pai em casa, porque sua mãe proibira, resolveu novamente visitá-lo no escritório. Este se encontrava em uma reunião importante. Então, sentou-se no grande sofá marrom na sala de espera. Neste instante, uma senhora muito bonita se sentou ao seu lado: era Raquel, que, achando interessante a presença de uma criança no escritório do marido, começou a conversar com ela.

— Que menininha bonitinha. Como você se chama? - perguntou Raquel, sorrindo.

— Márcia - respondeu a menina.

— E o que uma menina tão pequena faz num escritório destes?

— Em primeiro lugar, eu não sou tão pequena assim - respondeu toda altiva -, eu tenho onze anos. Em segundo lugar, vim visitar meu pai.

— É mesmo? E quem é seu pai?

— O nome dele é Davi e ele é o dono desse escritório - respondeu a menina, toda orgulhosa.

Aquela declaração caiu como bomba nos ouvidos de Raquel. Ela ficou atordoada, levantou-se com dificuldade e, sem responder nada para a garota, saiu. A menina, que não entendeu a reação daquela moça, continuou sentada e, quando a secretária se aproximou para perguntar para ela aonde tinha ido aquela senhora que estava ao seu lado, ela contou a conversa que teve e que a moça saiu sem falar nada. A secretária de Davi, pressentindo o desfecho trágico da história, mandou Márcia para casa e, assim que a reunião terminou, contou o acontecido para o chefe. Este, transtornado com a notícia, jogou a culpa de tal situação na secretária, que deixou a filha e a mulher juntas na mesma sala, despedindo-a em seguida.

Raquel chegou em casa totalmente desesperada. Foi para seu quarto, prostrando-se na cama aos prantos. Não conseguia entender a traição do marido e, ainda por cima, há bastante tempo, visto o tamanho de sua filha. Depois de algum tempo de tanto chorar, acabou por dormir.

Nesse instante, Davi chegou. Dirigindo-se ao quarto, notou que a mulher dormia calmamente e não quis acordá-la. Dispensou a empregada e, pensativo, sentou-se em sua poltrona, na sala íntima.

Duas horas depois, Raquel apareceu na sala. Sentando-se em frente ao marido, falou calmamente:

— Você sabe quem eu conheci hoje?

— Raquel, eu posso explicar – respondeu nervoso.

— Não precisa – respondeu Raquel, levantando o tom de voz.

— Mas não é o que você está pensando...

— Não interessa o que eu estou pensando – interrompeu Raquel. – Eu só quero saber por quê? Há quanto tempo você me trai? – perguntou, já fora de si.

Davi calou-se por alguns instantes, depois começou a contar toda a verdade. Raquel ouvia, e lágrimas corriam de seus olhos.

Acabada a história, Raquel perguntou:
— Agora, o que vai fazer?
— Não sei – respondeu Davi –, não quero me separar de você, mas não quero perder a minha filha, gosto muito dela.
— Sim, mas e a outra?
— Ela sabe que sou casado, mas não sei se vai aceitar ser abandonada. Há muito tempo estou tentando acabar com o nosso caso, mas não consigo.
— Bom, Davi, você escolhe: ou ela ou eu.

Falando assim, retirou-se da sala. Davi continuou sentado, com o olhar perdido no vazio, a pensar sobre como sair daquela situação.

No dia seguinte, procurou Sueli e contou-lhe o acontecido. A mulher reagiu com frieza, dizendo que, se a abandonasse, transformaria a vida dele e a de Raquel em um inferno. Neste instante, Márcia, que tudo ouvia, entrou na sala chorando, pedindo para que o pai não abandonasse a mãe. Davi não sabia o que fazer. Aquele executivo decidido e autoritário transformara-se em um homem covarde e indeciso.

O tempo foi passando e Davi não se decidia. A pressão das duas mulheres aumentava. Depois de um mês, Raquel caíra em depressão, não se importava mais com a casa e passava o dia inteiro fechada no quarto. Quase não se alimentava e estava começando a ficar doente.

Sueli, que procurava informações da "concorrente" através dos vizinhos e empregados, notou que a rival enfraquecera e começou a atacar Davi de todas as formas possíveis. Chantageava-o emocionalmente com Márcia, e fisicamente procurando dar o que a outra recusava. Davi, que sentia a falta dos filhos que estavam longe, agarrava-se com Márcia. Esta sabia, através da mãe, que tinha que fazer o possível para agradar ao pai, pois quando os outros irmãos voltassem, ela corria o grande risco de perdê-lo. Com Sueli cercando-o de carinho e sexo, começou a não se importar em tomar uma decisão. Isso afetou sobremaneira a condição de Raquel, que em pouco tempo estava totalmente doente.

Alertados pelos avós, Samuel e Verônica retornaram apressados e cobraram uma atitude do pai. Este afastou-se por algum tempo de Sueli e Márcia, enquanto seus filhos recusavam-se a conhecer a irmã mais nova. O estado de saúde de Raquel piorara muito, e ela não demonstrava reação nenhuma. Parecia que queria morrer e, algum tempo depois, foi o que aconteceu.

Davi sentiu um grande remorso, caindo em profunda tristeza. Não queria que aquilo acontecesse, pois gostava muito da mulher. Seus filhos, que no começo reprovaram a atitude do pai, vendo-o naquele estado fizeram de tudo para animá-lo. Com o tempo Davi recuperou-se, voltando às atividades normais.

Quem mais ficou feliz com a morte de Raquel foi Sueli, pois afinal, depois de tantos anos, poderia enfim ter Davi só para ela. "Assim que ele se recuperar, será só meu", pensava, orgulhando-se de ter vencido a batalha.

Realmente, depois de recuperado, procurou Sueli. E pouco tempo depois a trouxe para sua casa. Seus filhos mais velhos não gostaram da iniciativa do pai, mas não esboçaram reação, principalmente por causa da pequena Márcia, que era adorada por todos.

Assim, o tempo passou e Davi continuava o mesmo executivo astuto e mal-educado com os funcionários. Seus filhos, assim que puderam, saíram da casa do pai. Samuel voltou para a Europa e Verônica casou-se com um brasileiro filho de judeus, indo morar nos Estados Unidos. Depois desses acontecimentos, ambos voltaram apenas para o enterro do pai. A comunicação entre Davi e seus filhos resumia-se a simples cartas, que com o passar do tempo rarearam. Davi sentia um peso na consciência, mas não demonstrava.

Sueli perdeu seu encanto juvenil e, em busca de suas formas antigas, perdia grande parte do tempo em salões de beleza. Mas nada fazia efeito: seu rosto cada vez mais enrugado e seu corpo mais inchado a levaram quase à loucura, tendo que ser internada duas vezes em casas de repouso.

Márcia tornou-se uma linda mulher, foi estudar em Paris e retornou casada com um francês. Davi quase teve um ataque quando soube. Nunca imaginou que sua caçulinha fosse dar-lhe um desgosto desses, mas Márcia nem quis ouvir as reclamações. Pouco tempo depois, retornou à França e vinha visitar os pais uma vez por ano. Teve quatro filhos. Aliás, Davi tinha mais seis netos, que conheceu apenas por fotografias.

Sueli desencarnou antes, vítima de sua paranoia por beleza. Sozinho, Davi começou a sentir o peso de sua consciência e uma profunda depressão tomou conta de seu espírito. Muito fraco e doente, morreu dois anos depois de Sueli.

No mundo espiritual, Sueli recusou toda ajuda a ela oferecida, e passou a vagar pelo umbral, sozinha, atormentada pela sua fixação em beleza externa, esquecendo a beleza interna.

Davi foi auxiliado por amigos aqui da colônia, e ficou internado no hospital por muito tempo, pois suas paixões eram muito exacerbadas. Depois de cinco anos de intenso tratamento, recuperou-se e foi transferido para outra colônia, a fim de executar trabalhos de beneficência.

Raquel, logo depois de sua morte, foi auxiliada por amigos e internada aqui em nossa colônia. Pouco tempo depois se recuperou, tendo sido transferida para a mesma colônia para onde Davi iria depois.

Quando Davi chegou a sua casa definitiva, foi recebido por Raquel e, atualmente, encontram-se desenvolvendo diversos trabalhos de ajuda espiritual. Dois anos atrás, ambos começaram uma busca para encontrar Sueli no umbral, mas não obtiveram sucesso. No entanto, uma equipe aqui de nossa colônia a encontrou, trazendo-a para o nosso hospital. Depois de intenso tratamento, Sueli recuperou-se parcialmente de seus traumas, e foi transferida para junto de seus amigos, mas recusou-se a ficar lá. Pedindo para ficar aqui, pois não desejava rever sua rival. Seu pedido foi aceito temporariamente, até que terminemos seu projeto de reencarnação.

* * *

— E como se encontra tal projeto? – perguntou Antônio.
— Estamos quase no fim – respondeu André.
— Desculpe a curiosidade, mas como ficou o projeto?
— Tivemos algumas dificuldades em elaborar tão delicado estudo, pois todos os envolvidos nessa história têm certa responsabilidade. Davi, por seu espírito aventureiro e mulherengo, causou danos a todos. Seria, pois, o grande responsável aos olhos de quem não conhece seu passado. Acontece que Raquel e Sueli também têm parte dessa responsabilidade, pois ambas se enfrentam há muitas encarnações. Os filhos, ambos também têm responsabilidade, visto não entenderem as atitudes do pai, não o perdoando. Portanto, temos um caso complicado para resolvermos, sem que alguma parte fique prejudicada na história. A conclusão que chegamos foi a seguinte...

André parou a narrativa por alguns instantes e, pensativo, olhou para o horizonte, como que buscando algo no fundo de sua mente. E continuou:
— Davi terá uma existência muito difícil. Primeiro

terá grandes dificuldades com dinheiro e empregos, pois terá que resgatar seus erros como empregador. Será perseguido e difamado. Apesar de possuir um amplo conhecimento profissional, nunca conseguirá fazer amizades no trabalho e, consequentemente, terá problemas de âmbito familiar e pessoal, além dos de ordem social, pois será taxado de preguiçoso e vagabundo.

— Mas como tal sofrimento pode ajudá-lo? – perguntou Antônio.

— Ele terá de enfrentar todos estes problemas e superá-los, tanto na ordem física, quanto na ordem psicológica, não poderá recuar, sob pena de ter que resgatar tudo novamente. Com isto, e juntamente com seu grande conhecimento e inteligência, conseguirá perceber onde errou e procurará resgatar esse erro, ajudando outras pessoas. Entre estas, estarão muitas das que ele prejudicou no passado e, principalmente, numa etapa mais adiantada de desenvolvimento do resgate, lutará contra as injustiças causadas por pessoas que estão no mesmo caminho tortuoso que ele.

— Perfeito! – exclamou Antônio, satisfeito com a explicação.

Calmamente, André continuou:

— Sueli irá se casar com Davi primeiro, e com ele terá uma filha, que será a mesma que ambos já tiveram antes, ou seja, Márcia. Mas para resgatar o erro cometido com Raquel, já que Sueli sabia que Davi era casado e, mesmo assim, continuou o caso, irá perdê-lo dessa vez para Raquel, que terá com Davi os mesmos dois filhos que tiveram anteriormente.

"Sueli enfrentará muitos problemas de ordem psicológica e financeira, e por muito tempo sofrerá com o problema da separação. Será tentada a destruir moral e financeiramente Davi e Raquel, mas tudo está planejado para que não passe apenas de tentativa, e que sirva apenas de lição para ela. Outro resgate será a obsessão pela beleza; ela terá de enfrentar a difícil transformação do corpo belo à velhice, sem ficar deprimida. Com o tempo, se ela suportar, irá perceber que não adianta tentar se vingar dos dois e, muito menos, tentar parecer o que não é, e então procurará levar a vida sem ressentimentos, resgatando os seus erros.

"Raquel, por sua vez, terá que aguentar firme todos os problemas morais e sociais que sua decisão irá provocar. Além dos problemas financeiros de Davi, terá que suportar as suas crises de depressão moral, sem também cair em depressão e voltar ao seu erro anterior, que causou a sua morte. Serão muitos anos de sofrimento, para que, no final, o amor entre os dois seja reconhecido por todos.

"Márcia, Samuel e Verônica poderão chegar a ser grandes amigos, ajudando-se mutuamente, mesmo tendo que enfrentar todos esses problemas indiretamente."

Depois de uma pequena pausa, André continuou:

— Como vê, Antônio, se tudo correr bem e todos os envolvidos corresponderem às expectativas e aguentarem firmes, sem se desviarem do trajeto definido, retornarão com suas dívidas resgatadas e poderão partir para voos mais altos.

— Excelente projeto que vocês elaboraram. Estão de parabéns! – falou Antônio, sorridente.

Capítulo 11

Reencontrando a família

Em pouco tempo, Antônio recuperou-se totalmente, assumindo suas antigas atividades no setor de planejamento. Continuou morando com Rafaela e Júlio, apesar de ter direito a uma casa só para ele.

— Ficamos felizes com a sua decisão de continuar conosco, Antônio – comentou Rafaela.

— E por que iria morar sozinho, se posso ter companhia tão agradável para conversar e trocar ideias, durante os meus períodos de descanso? E, além do mais, acho que não mereço esse privilégio de ter uma casa só minha, e outros colegas a apenas um quarto.

— Acontece que você é muito mais evoluído que os outros. Adquiriu esse direito com seus próprios esforços – comentou Júlio.

— Pode ser que sim, Júlio, mas recentemente aprendi que a companhia de pessoas amigas é muito mais importante que a condição hierárquica ou social em que você se encontra.

— É, Antônio, você realmente aprendeu muito nessa sua última encarnação – falou Rafaela.

— Aprendi muito, Rafaela, mas ainda preciso resgatar algumas dívidas que contraí na minha última visita ao plano carnal.

Todos entenderam o que ele quis dizer e ficaram em silêncio, esperando que continuasse o assunto, mas Antônio ficou calado e pensativo. Seus amigos então perceberam que deviam deixá-lo com seus pensamentos, e se retiraram em silêncio, indo cada um para seu quarto. Antônio permaneceu na sala por mais algumas horas.

No dia seguinte decidiu que retornaria ao plano terrestre o mais breve possível, para resgatar as dívidas que ainda tinha. No mesmo dia falou com Tiago sobre tal possibilidade.

— Você pode retornar a hora que quiser, mas deve observar algumas coisas – disse Tiago, em tom grave.

— Como assim? – perguntou Antônio.

— Em primeiro lugar, retornando sem um planejamento bem feito, você pode colocar tudo a perder. Deve estar consciente das dificuldades e dos objetivos a serem alcançados. Você, mais do que ninguém, sabe disso. Outro aspecto é verificar se as pessoas com quem tem débitos querem seu resgate agora, caso contrário, não adianta retornar. E, por último, precisa reencontrar todas as pessoas que fazem parte do seu círculo de amizades e inimizades para o sucesso do projeto.

— Sabe, há bastante tempo penso em ir ao encontro dos meus filhos e de Alice, mas não tenho tido muito tempo.

— Só que, se quer retornar, precisa reencontrá-los – advertiu Tiago.

— Não sei onde se encontram. Você sabe? – perguntou Antônio.

— Infelizmente, caro amigo, eu não sei onde se encontram, mas posso ajudá-lo, perguntando a algumas pessoas que conheço.

Tiago imaginava aonde eles estavam, mas precisava confirmar se os filhos e, principalmente, Alice, estavam preparados para revê-lo.

Alguns dias se passaram, e Antônio continuou seu trabalho no setor de planejamento. Quando foi chamado para ir à sala de Tiago, atendeu prontamente.

— Recebi seu recado e vim o mais rápido que pude – comentou Antônio.
— Calma, amigo – ponderou Tiago.
— É que estou ansioso pela notícia que tem para mim.
— Bem, sobre isso, tenho boas e más notícias, amigo.
— Estou preparado para ambas, pode contar-me.
— Vou começar pelas boas. Por meio de um amigo muito querido de outra colônia, localizei seus filhos.
— E eles estão bem? – perguntou Antônio, ansioso.
— Sim, estão muito bem. Estão todos trabalhando nesta colônia.
— E qual é esta bendita colônia? – perguntou Antônio, já demonstrando um grande nervosismo.
— Caro Antônio, mantenha a calma. Sente-se e procure relaxar, pois essa excitação toda pode ser prejudicial para você.

Antônio percebeu que realmente estava extrapolando, e obedeceu, sentando-se na cadeira em frente a Tiago. Respirou fundo e acalmou-se. Tiago, então, continuou:

— A colônia Nova Esperança é uma residência permanente, ou seja, os espíritos vivem lá como se fosse uma cidade terrena, ficando o tempo necessário até a evolução natural, dirigindo-se para realizar trabalhos mais nobres em outras colônias ou retornando ao plano terrestre.
— Colônia Nova Esperança, já ouvi falar, ela é enorme. Lá residem milhões de espíritos. Como localizarei meus filhos?
— Essa missão se tornará fácil, já que eles estão te esperando há bastante tempo.
— E Alice, também está com eles? – perguntou Antônio.
— Sim, mas talvez não te reconheça, pois ainda está em tratamento no hospital.
— Como assim? Ela era tão amável, carinhosa, bondosa. Como pode ter tantas perturbações?

— Meu caro Antônio, esqueceu que a sua Alice foi, em outra encarnação, uma pessoa chamada Jaqueline e que morreu de forma violenta na Revolução Francesa? Que naquela encarnação cometeu muitas maldades, por ambição e orgulho? Apesar de resgatar um pouco nesta última, muito rancor ainda a cercava, e ela vagou pelo umbral por muito tempo, por vontade própria, fugindo de vários perseguidores que clamavam por vingança. Até que um dia um de seus filhos a localizou, resgatando-a, e hoje ela se encontra em fase final de tratamento.

Antônio ouviu a tudo com olhos baixos e lacrimosos, mas não disse nada. Apenas perguntou.

— Quando posso visitá-los, Tiago?
— Quando quiser! – respondeu o amigo.
— Irei hoje mesmo, então.
— Designarei um amigo nosso para que o acompanhe até lá e o apresente para os responsáveis da colônia.

Uma hora depois, Antônio e André partiram para a outra colônia. A viagem foi rápida, e em poucos segundos estavam no portão de entrada da colônia Nova Esperança. Duas entidades que guardavam o portão os encaminharam para dentro, indicando o caminho a seguir. Lá dentro, Antônio teve que acostumar-se com a claridade do local. Nova Esperança era muito mais brilhante que a Recomeçar. Uma luz azul clara de intensidade muito forte espalhava-se por todos os cantos. André, já acostumado com a intensidade da luz, explicou rapidamente para Antônio o porquê da diferença.

— Antônio, você deve estar estranhando tanta diferença de tonalidade e intensidade, não é mesmo?

Antônio apenas mexeu a cabeça no sentido afirmativo, olhando estupefato para a claridade do local.

— Acontece que, na nossa colônia, existem muitos enfermos que continuam emitindo radiações pesadas, afetando o conjunto de emanações, afinal somos um grande hospital, enquanto aqui só residem entidades com alguma evolução e que emitem radiações quase que homogêneas. Lá na Recomeçar necessitaríamos de muita energia para igualarmos as radiações e termos a mesma intensidade que a daqui, e logicamente, se fôssemos nos preocupar com isso, não trabalharíamos mais. Essa é a diferença.

— Lógico, desculpe a minha ignorância.

Logo depois, uma entidade que transmitia uma claridade muito intensa aproximou-se.

— Vocês devem ser os irmãos da colônia Recomeçar, não é mesmo?

André respondeu afirmativamente com a cabeça.

— Eu me chamo Marcos, e irei levá-los até o gabinete do nosso mestre.

Marcos conduziu os dois. Passaram por uma grande praça, onde diversas entidades estavam sentadas em bancos brancos. Logo depois, ficaram diante de um monumental prédio pintado de branco, mas era um branco diferente, irradiava tanta luz que, conforme se olhava para ele, percebiam-se diversos tons de outras cores. A porta era enorme e parecia muito pesada, no entanto Marcos, com um simples toque, a abriu facilmente.

Quando passaram, Antônio ficou boquiaberto: o ambiente era claro, irradiando uma tonalidade de azul claro que ele não conhecia. Um enorme corredor surgiu a sua frente, ladeado por diversas portas que estavam fechadas. Antônio não se conteve e perguntou:

— Marcos, o que funciona atrás destas portas?

Marcos, num tom sereno e, compreendendo a curiosidade do amigo, respondeu calmo:

— São os diversos departamentos que existem na nossa colônia. Estão todos concentrados aqui.

E apontando para uma porta no fim do corredor, disse:

— Aquela é a nossa biblioteca, e a porta em frente é a da sala do nosso mestre.

Antônio ficou maravilhado, mas estranhou que nenhum servidor estivesse caminhando pelo corredor, saindo ou entrando nas salas, inclusive na biblioteca, e perguntou para Marcos:

— Desculpe minha curiosidade, Marcos, mas estou estranhando a falta de pessoas a caminhar pelos corredores e o entrar e sair das salas. É assim que acontece em nossa colônia, no prédio central.

— Não se preocupe, Antônio. Aqui também é assim, só que hoje todos estão de folga aqui. A maior parte está visitando parentes, passeando ou estudando na biblioteca.

— E qual é o motivo do feriado? – perguntou Antônio, com ar de criança curiosa.

— Desculpe-me, Antônio. Esqueci de avisar a vocês: hoje é comemorado o aniversário de fundação de nossa colônia.

— Então devemos voltar outro dia? – falou Antônio, com ar de preocupado.

Marcos, com serenidade, acalmou-o:

— Não precisa se preocupar Antônio, nosso mestre fez questão de atendê-lo pessoalmente. Sua presença é muito importante e ele adiou compromissos quando soube de sua vinda hoje. Ele está à sua espera.

— Então vamos depressa, não podemos fazê-lo esperar, não seria educado.

Então Marcos conduziu-os à porta da sala do mestre. Foi então que Antônio lembrou-se de um detalhe importante, e que havia esquecido:

— Marcos, como é o nome do seu mestre?

— Desculpe mais uma vez, Antônio, mas pensei que já soubesse.

— Infelizmente, Marcos, ainda não recuperei totalmente a minha memória.

— O nome dele é Alberto.
— Alberto! – falou com ar surpreso, este era o nome do meu primogênito na Terra.

Marcos, meio surpreso com a declaração de Antônio, abriu a porta, pedindo licença para entrar e, do fundo da sala, uma voz serena disse:

— Claro! Entrem, sejam bem-vindos.

Todos entraram e Marcos apressou-se em apresentar seus acompanhantes, mas foi interrompido por Alberto.

— Não precisa fazer as apresentações, irmão Marcos. Já conheço a todos.

Enquanto Alberto cumprimentava André, Antônio, boquiaberto e com os olhos esbugalhados, olhava para Alberto sem piscar. Depois de trocar umas palavras com André, se virou para Antônio com um grande sorriso. Os olhos de Antônio encheram-se de lágrimas, que rolaram rosto abaixo. Alberto, estendendo os braços, disse:

— Como vai, pai? Há quanto tempo, hein!

Antônio e Alberto se abraçaram forte e longamente. Os dois agora choravam copiosamente. Entre soluços, Antônio falou:

— Meu Deus, que alegria em vê-lo, meu filho querido! Que saudades!

Depois de algum tempo, separaram-se, e Antônio, olhando para Alberto de cima a baixo, falou:

— Mas como você está bonito, sua luz é forte. Nunca imaginei que iria vê-lo assim!

Alberto enxugou as lágrimas do rosto e, com um sorriso enorme, falou:

— Estou contente em vê-lo assim, forte e recuperado.

Antônio, curioso, começou a fazer um monte de perguntas ao mesmo tempo. Alberto então interrompeu o pai, falando:

— Calma, pai, responderei a todas as perguntas. Mas não querem sentar-se primeiro?

Apontou então para quatro poltronas harmoniosamente arrumadas em forma circular, onde todos se sentaram. Marcos e André perguntaram se podiam sair, mas Alberto fez questão que ficassem.

— Está confortável, pai? – perguntou Alberto.
— Estou.
— Bem, sou todo ouvidos. Pode perguntar o que quiser agora.

Antônio que pouco antes não parava de falar, agora estava calado. Ficou olhando para Alberto como se estivesse em transe. Alberto sentiu o que se passava e ficou também a olhar o pai.

Depois de algum tempo, Antônio falou:
— Eu estava a relembrar o tempo em que você era criança. Você era muito carinhoso, às vezes eu estava sentado em minha poltrona, na sala, lendo, e você entrava correndo todo alegre. Sentava no meu colo, dava-me um beijo e falava "eu te amo, pai". Depois me abraçava e ficava assim no meu colo por um tempão. Às vezes dormia e eu o levava para a cama. Algum tempo depois eu lhe dei um puro sangue árabe, e você ficava com ele quase o dia todo. Cuidava como se fosse o bem mais precioso da Terra. Fazia a maior bagunça quando ia dar banho no cavalo. Uma vez levou um coice quando escovava o pelo dele, e se feriu, pois ele aplicou muita força. Levamos o maior susto, só que para sua sorte o coice só pegou de raspão. Desde então passou a tomar mais cuidado. Você sempre foi muito inteligente, tinha ideias avançadas para a época. Sempre me orgulhei muito de você, e acho que vou me orgulhar muito ainda.

Lágrimas rolavam de ambos os rostos. Marcos e André, que tudo acompanhavam, também se emocionaram, pois não sabiam que Antônio e Alberto tinham sido pai e filho. Mas continuavam quietos. Não queriam interromper esse reencontro.

Antônio então perguntou:

— Como você veio parar aqui?

Alberto enxugou as lágrimas e, com calma, falou:

— Quando desencarnei, alguns amigos já me esperavam. Eles eram da equipe de socorro daqui da colônia. Fiquei quinze dias em tratamento no hospital, indo depois morar na casa de um ilustre amigo de muitas encarnações passadas, que era o responsável aqui. Ele me encaminhou para diversos cursos, que aproveitei ao máximo e, depois de dez anos de trabalho, recebi um departamento para dirigir.

— E qual era esse departamento? – interrompeu Antônio, curioso.

— Um departamento muito conhecido seu, no qual o senhor é um grande especialista.

— Não me diga que é o planejamento?

— Isso mesmo, mas fiquei muito pouco tempo lá.

— Mas por que você saiu de lá?

— Porque meu amigo e responsável pela nossa colônia foi transferido para funções mais elevadas, escolhendo a mim para substituí-lo.

— Então você passou a ser o mestre?

— Apesar de quase todos me chamarem assim, não gosto do termo. Não sou digno de ser mestre de ninguém. Existem muitos espíritos aqui que poderiam ser considerados mestres. Por isso prefiro o termo responsável.

— Ora, menino, se o seu antecessor o escolheu, é por que achava que você tinha condições morais para assumir a posição.

Alberto simplesmente baixou o olhar e nada respondeu.

— Meu filho, sua morte me afetou muito, principalmente porque não me foi esclarecido como ocorreu. Só fiquei sabendo que você foi condecorado como herói e mais nada. Se não quiser me contar, por não lhe trazer boas recordações, não precisa.

— Eu já superei isso, pai, é até gostoso relembrar tudo...

Alberto olhou fixamente para o pai e, depois de algum tempo em silêncio, começou a relembrar os fatos ocorridos:

— Quando cheguei na região, a guerra estava num período de pausa. As tropas brasileiras, que tinham avançado bastante sobre o território inimigo, agora estavam com problemas de abastecimento. Os caminhos eram de difícil acesso e as carroças com mantimentos e munições não conseguiam chegar onde estavam os soldados. Do lado paraguaio, as tropas estavam desorganizadas e dispersas, e seus comandantes tentavam reagrupá-las. Como também não podíamos atacá-los sem suprimentos suficientes, ficamos esperando.

"Eu não estava no *front*, fazia parte de um grupamento de reserva. O general Caxias, prevendo que a tropa inimiga estava se reagrupando, e sabendo de nossas dificuldades, decidiu reforçar nossas posições avançadas. Imaginando um contra-ataque inimigo, enviou diversos grupamentos para o local. No nosso, uma fatalidade acabava de ocorrer: nosso comandante, o tenente José Américo, morreu vítima da febre amarela. Como eu era o único com instrução naquele grupo, fui promovido a tenente e passei a comandar o grupamento. Só que com um detalhe: eu não tinha treinamento para comando, e muito menos para guerrear. Os homens sabiam disso e o medo era geral.

"O caminho até o *front* foi muito difícil. Foram trinta dias de caminhada e muito sofrimento por causa das chuvas, barro e insetos. Levávamos além de víveres, munição e dois canhões que deveriam ser entregues ao grupo de artilharia. Os homens, inclusive eu, revezávamos para empurrar aquelas geringonças. Muitos não aguentaram e morreram de cansaço, fraqueza ou vitimados pela febre. Quando chegamos, éramos apenas a metade. Estávamos muito debilitados e, ainda por cima, o comandante nos avisou que esperava um ataque inimigo por aqueles dias, devido a movimentação intensa do outro lado do rio.

"E foi o que aconteceu: dois dias depois fomos atacados. Rechaçamos o ataque, mas mantivemos as nossas posições, visto não termos condições de mantermos novas posições. O segundo ataque não iria demorar. Mais preparados, os paraguaios atacaram agora pelos flancos, deixando-nos numa posição perigosa, visto que o nosso comandante não previu tal possibilidade. Com muito esforço, conseguimos segurá-los. O resultado disso foi que os dois lados ficaram destruídos. Nossos canhões estavam inutilizados e a munição quase no final. Nos reagrupamos à espera do ataque derradeiro, e venceria quem tivesse mais sorte."

Alberto suspirou longamente, ficou em silêncio por alguns segundos e continuou:

— A sorte parecia estar do nosso lado. Uma semana tinha se passado do último ataque. Estávamos reerguendo nossos postos de defesa, quando recebemos uma mensagem do general Caxias, pedindo para aguentarmos o quanto pudéssemos, pois nossa posição transformara-se vital para a estratégia que o general passaria a adotar dali para frente, e finalmente derrotar o inimigo. Informava também que, em alguns dias, receberíamos reforço.

"Aquela carta animou os homens. O problema foi que o comandante ficou acamado por causa da febre amarela, vindo a falecer alguns dias depois. Novamente fui promovido, por força das circunstâncias, mas os homens já tinham mais confiança em mim. Depois destes fatos, ainda esperamos por quatro dias pela chegada dos reforços, que tornou-se uma grande desilusão: os soldados estavam exaustos e o alívio foram os mantimentos, que chegaram intactos. Mas o inimigo também estava interessado na nossa posição e, aos poucos, reforçava suas companhias para um ataque final.

"A espera foi angustiante. Durante o dia um calor que sufocava a todos, à noite normalmente chovia e os soldados tinham que se proteger do jeito que podiam, sem abandonar seus postos, pois o perigo de ataque era eminente e, ainda por cima, tinha o perigo da febre amarela e outras doenças, além dos animais peçonhentos. Eu tinha sob a minha responsabilidade trezentos e cinquenta homens, cansados e nervosos com toda aquela situação, e o inimigo não atacava.

"Num dia muito chuvoso, o nosso vigia alto, que ficava em cima de uma grande árvore e com luneta, conseguindo enxergar além do rio, observou movimentação nas tropas inimigas. O alerta foi dado e, daquele momento até o ataque, parece que o tempo ficou lento em minha cabeça. Eu realmente não sabia o que fazer. Comecei a lembrar da minha infância, do meu alazão, das vezes que saía a cavalgar e só voltava à noite, tudo voltou a minha mente. Lembrei do senhor, meu pai, dos meus irmãos, da minha irmãzinha e da mamãe, da sua beleza e formosura, do seu carinho e delicadeza quando conversava com a gente. Tudo passava lentamente pela minha mente. Não sei quanto tempo isso durou, mas eu senti que isso era um aviso e fiquei receoso.

"De repente, um assobio, e um projétil atingiu o pedaço de madeira acima da minha cabeça e que me protegia. Acordei. A gritaria e a correria dos soldados era intensa. Estavam desnorteados com o ataque violento dos paraguaios. Granadas explodiam por todos os lados. Eu nunca pensei que eles, naquela altura da guerra, ainda teriam apoio de artilharia. Estávamos preparados apenas para um ataque terrestre. Depois de uma hora de violento bombardeio, eles cessaram. Um silêncio assustador tomou conta do local. Nossas baixas foram enormes. Ordenei aos meus soldados que se reagrupassem, pois agora eles viriam com a infantaria e teríamos que suportar o ataque a qualquer custo.

"Após alguns minutos, eles atacaram violentamente. Foi um massacre. Eu corria para todos os lados, procurando encorajar e ajudar os que necessitassem. Foi quando eu vi um soldado ferido na perna, rastejando com dificuldade. Fui até ele e procurei ajudá-lo. Ele era muito grande e forte; não aguentei o seu peso. Pedi a um soldado mais próximo que nos ajudasse. Ele correu para junto de nós e, quando o levantamos, fui atingido nas costas. Caímos todos juntos. Eu ouvia os gritos muito longe.

"Aos poucos o som foi sumindo. Nesse instante, reparei que pessoas com um brilho intenso e com olhar sereno me cercavam e me ajudaram a levantar. Eu olhava assustado para aquelas pessoas tão lindas e com um sorriso agradável. Comecei a ficar tonto, e uma delas me disse: 'Fique calmo, Alberto, somos teus amigos e estamos aqui para te ajudar.' Mal ele falou e eu comecei a dormir. Dias depois acordei. Estava deitado em uma cama alvíssima, sentia dores nas costas, e uma senhora muito carinhosa me acudiu, dizendo ser enfermeira. Fiquei calmo e, aos poucos, a dor diminuiu. Voltei a dormir. Fiquei neste estado durante quinze dias. Fui melhorando, recebi diversas visitas de amigos que ajudaram na minha recuperação e hoje estou aqui."

Todos ouviram a narração e, ao final, um ar de alívio tomou conta de tudo. Antônio, que ouvia muito emocionado, não se conteve e abraçou o filho. Lágrimas rolaram de sua face. Depois de vários minutos abraçados, retomou a compostura e perguntou:

— Alberto, e seus irmãos, onde estão?
— Estão aqui.
— Gostaria de vê-los. Posso?
— Sim, eles estão esperando.
— Uma coisa me preocupa, Alberto. Talvez você possa me ajudar.

Alberto, lendo os pensamentos de Antônio, antecipou-se:

— Se é sobre Alice, ela está bem. Recuperou-se totalmente e trabalha como auxiliar no hospital.

Antônio respirou aliviado e, quando ia perguntar se podia vê-la, Alberto antecipou-se novamente:

— Ela deverá estar lá também.

— Então vamos! O que estamos esperando? É longe? Onde eles estão? – perguntou Antônio, afoito.

— Não, pai, é aqui perto. Eles estão reunidos na casa onde mora Laura.

Nesse instante, André e Marcos levantaram de suas cadeiras e anunciaram que iriam passear pela colônia, pois sabiam que esse era um momento muito particular.

— O irmão Marcos prometeu mostrar a colônia – disse André.

Com o consentimento de Alberto, os dois saíram. Antônio ainda quis chamar os dois, mas Alberto interferiu.

— Deixe, pai, eles querem nos deixar a sós.

Antônio parecia criança quando está perto de um brinquedo desejado: seu coração batia rápido, seus pensamentos se confundiam em vários caminhos. Começou pensando em Alice, como estaria ela, será que ela o reconheceria. Depois pensou em Benedito, Carlos e, em seguida, na sua princesinha Laura. Enquanto caminhavam até a casa de Laura, sua mente voltou ao passado, relembrando os bons momentos que tiveram na Terra.

— Pronto! Chegamos – disse Alberto.

Antônio olhou a casa e não pôde deixar de reparar o quanto ela era simples, mas linda. Seu jardim era bem cuidado, com flores de diversas cores e tipos, que formavam uma linda passarela, que ia da rua até a porta da frente. Duas janelas, uma de cada lado da porta, enfeitadas com cortinas azuis-claras, com vários vasos de orquídeas em seus parapeitos. Antônio ficou ali parado por vários minutos, admirando a beleza da casa da filha.

— Vamos entrar, pai? – perguntou Alberto, tirando Antônio de sua admiração. – Afinal, todos estão lhe esperando.

— Entremos – respondeu Antônio, sem parar de olhar para a casa da filha.

Então entraram na pequena casa. Lá dentro, Benedito, Carlos e Laura esperavam ansiosos. Quando Antônio entrou, todos correram para abraçá-lo, primeiro Laura, em seguida Carlos e Benedito. Lágrimas rolaram de todos os presentes. Laura até soluçava. Antônio, num gesto, procurou abraçar a todos, apertando-os contra si mesmo. Ficaram assim abraçados, sem se falarem, durante alguns minutos.

Foi quando Antônio olhou para o canto da sala e levou um susto: lá no cantinho, uma pessoa de cabeça baixa chorava copiosamente. Antônio não pôde ver seu rosto, mas um grande arrepio percorreu seu corpo e, sem falar nada, passou apenas a olhar fixamente para ela. Reparou apenas que era mulher, pelos cabelos longos, ficando assim por algum tempo. Todos perceberam a reação de Antônio ao vê-la, e se afastaram um pouco.

De repente ela levantou devagar a cabeça, e foi quando ele pôde ver o rosto de sua Alice. Não se conteve e lágrimas rolaram pelo seu rosto. Foi na direção dela e a abraçou forte e longamente. Ambos agora choravam copiosamente. Depois de alguns minutos, os quatro filhos se aproximaram e, liderados por Alberto, abraçaram juntos os pais.

Capítulo 12

Planejando o retorno

No dia seguinte, Antônio deveria voltar, mas não conseguiu. Tinha muitos assuntos para colocar em dia com Alice e seus filhos. Como eles tinham seus afazeres, o tempo era curto. Antônio liberou André, mandando um recado para Tiago: ficaria alguns dias na colônia, junto dos filhos. André concordou, retornando.

— Espero que Tiago não fique chateado com minha falta – comentou meio cabisbaixo com Alberto.

— É claro que não. Conheço Tiago. Ele tem um coração enorme, e já sabia que isso iria acontecer.

Antônio ficou em um quarto, numa espécie de hotel, especialmente edificado para receber visitantes na colônia. Cada dia Antônio acompanhava um filho em seus afazeres. Com Laura e Alice conheceu o pequeno hospital, pequeno comparado ao de Recomeçar, onde as duas eram enfermeiras. Com Carlos, conheceu a enorme biblioteca da colônia, onde ele era o responsável e cuidava pessoalmente da catalogação de todos os volumes existentes, além de cuidar da manutenção dos mesmos. Antônio ficou maravilhado com a quantidade de volumes, e seu filho conhecia todos. Recebeu de presente de seu filho um que era voltado para a sua especialidade.

— Pai, gostaria que lesse esse livro. É muito interessante para a sua área.

— É mesmo?
Lendo na capa *Planejando existências*, admirou-se.
— É um guia?
— É mais do que um guia. Ele mostra como é importante se fazer um bom planejamento, antes de retornarmos ao plano físico, mostrando histórias e suas resoluções.
— Obrigado, filho! Vou ler com muita atenção.

Benedito chefiava uma equipe de busca e, nestes dias, estava de folga, mas isso não significava descanso, pois tinha que fazer o planejamento da próxima saída, preparar equipamentos e reenergizar a equipe. A cada saída, o desgaste era muito grande. Antônio acompanhou o trabalho do filho com curiosidade. Sentia um orgulho enorme deles. Sabia que todos eram competentes e procuravam, além do trabalho edificante, sempre que possível, ajudar o próximo. E isso, para um pai, é o maior presente que Deus pode dar.

Enquanto acompanhava Benedito em seus afazeres, uma imagem veio à sua cabeça: uma pessoa sofria muito em local sujo e escuro. Antônio, sem saber por que, lembrou-se de Dinda. Angustiado, comentou o fato com Benedito, que ouviu quieto e depois respondeu:

— Também tivemos a mesma preocupação, pai. Diversas vezes saí a busca de Dinda, mas não consegui localizá-la. Toda vez que temos informações de sua localização, vamos até o local, mas ela já não se encontra lá. Achamos que ela deve estar influenciada por alguma entidade maléfica, que pressente a nossa chegada e foge com ela.

— Ai!, meu filho, ela deve estar sofrendo muito, e tudo por minha culpa. Precisamos ir buscá-la.

— Bom, pai, em primeiro lugar não é responsabilidade sua, pois ela está lá porque quer. Em segundo lugar, até podemos fazer mais uma tentativa, mas precisamos da autorização do Alberto para isso.

— Eu falarei com ele. Termine os preparativos e, se ele permitir, iremos hoje mesmo.

Antônio foi falar com Alberto, que a princípio ficou indeciso.

— Realmente está na hora de Dinda acordar e retornar para casa, mas não sei se posso autorizar a sua ida junto ao grupo.

— Oras! Por que não?

— Não sei se está preparado para ver o que irá presenciar.

— O que você quer dizer com isso? Eu conheço bem as características do umbral.

— Eu sei disso, pai. Quis dizer que não sei como vai reagir ao ver o estado em que se encontra Dinda.

— Eu sou o culpado dela estar nessa situação. Preciso ajudá-la.

— Tem razão quando diz que precisa ajudá-la. Por causa de sua negligência, ela passou por dificuldades enquanto encarnada, dificuldades que poderiam ser evitadas. Mas ela tem as suas necessidades de resgate de erros passados. Portanto, com a sua ajuda ou não, ela iria sofrer do mesmo jeito, porém sem o golpe da desilusão. O que ela precisa compreender é que ela não pode guardar esse rancor no coração, pois em vez de resgatar um erro, ela está criando outros.

— E só eu posso acordá-la desse pesadelo, filho. Acredito que, quando ela me ouvir, esse rancor irá passar e ela voltará conosco.

— Está certo, tenham cuidado no umbral.

Com a autorização de Alberto, a equipe de Benedito e Antônio partiu no mesmo dia em direção ao umbral.

A equipe era formada apenas de quatro pessoas: Benedito, o chefe da equipe, Daniel e Márcio, os batedores, e Vera, a enfermeira. Saindo do portal da colônia, a luz diminuiu e, quanto mais se distanciavam, mais escuro ficava. Contudo, sem perturbações ambientais, em poucos minutos os cinco começaram a atravessar uma região com muita neblina. Apesar da intensidade da névoa aumentar, a equipe continuou com o campo visual normal.

Nessa área, todos sentiram as vibrações mentais de baixo nível, mas não conseguiram perceber os responsáveis pelas emissões, que podiam estar longe. Logo adiante escutaram lamentações diversas: um grupo de maltrapilhos se aproximava, sem perceber a presença da equipe de Benedito.

Todos pararam e ficaram observando: um grupo de onze pessoas que caminhava a esmo, numa bagunça e algazarra incríveis. Aparentemente o grupo era liderado por uma mulher que, ao perceber a equipe de busca, parou imediatamente, ordenando aos outros que parassem. O resto do grupo não enxergou a equipe e, por isso, retaliou o comando da mulher com palavras grosseiras. Ela, por sua vez, respondeu com mais grosseria. Por fim, disse aos outros que estavam barrados por uma equipe de busca. O grupo de infelizes revoltou-se e, aos berros, exigiu que a equipe os deixasse passar.

Então Benedito falou:

— Não estamos impedindo a passagem de vocês.

— Essa é uma desculpa velha, meu rapaz. Primeiro vocês aparecem na nossa frente como quem não quer nada, depois começam o discurso de que devemos mudar, perdoar nossos inimigos etc. É sempre a mesma coisa, já estou calejada dessa tática – falou a líder do grupo.

— Não iremos fazer isso – respondeu Benedito. – Vocês são livres para fazer o que quiserem, podem continuar seu caminho, que não iremos impedi-los.

A líder do grupo ficou surpresa com tal atitude, sem reação, pois esperava que Benedito começasse o trabalho de evangelização, ao que ela reagiria com força, para parecer forte perante o grupo. No entanto, Benedito não fez nada, o que a desnorteou. O silêncio tomou conta do ambiente por alguns segundos, quando um homem do grupo berrou:

— Por que estamos aqui parados, se não estão nos barrando? Não vejo nada! A Isaura deve estar nos enganando, apenas para nos assustar.

A líder reagiu com violência e atacou o infeliz com socos e palavrões.

— Seu idiota e medíocre, não vê nada porque é um burro, um asno. Como duvida da minha inteligência e do meu comando? Eu não disse que apareceriam espíritos que procurariam impedir nossa missão de vingança? Pois eu pensei que estes aqui fossem uma equipe dessas. Enganei-me. Não posso me enganar?

Terminando de falar, saiu à frente, chamando os outros aos berros. A turma a seguiu, continuando a algazarra, misturada a palavras de vingança e ódio.

Antônio observara a tudo, calado e assustado. Benedito se aproximou dele e o tranquilizou:

— Fique calmo, pai, estes são espíritos errantes, ficam andando sem parar em busca de uma vingança que nunca irão alcançar. Normalmente são inofensivos. Vamos em frente, porque estamos longe do nosso destino.

— Não chegamos ainda ao umbral? – perguntou Antônio.

— Estamos apenas no meio do caminho – respondeu Benedito.

A equipe continuou em frente. Mais alguns minutos e deixaram a área de neblina, entrando numa região muito escura. Podia-se sentir e ouvir choros e lamentações de todos os tipos. Mais longe, ouviam-se gritos, gargalhadas e palavrões. Enquanto caminhavam, os cinco formaram um clarão de intenso azul-claro, que iluminou a região em volta deles. Alguns espíritos infelizes perceberam a luz e fugiram assustados. Outros nem perceberam e continuaram suas lamentações.

Antônio sentiu uma sensação forte de pena, e foi advertido por Benedito:

— Pai, devemos controlar as sensações de pena por esses infelizes. Eles estão aqui por vontade própria. Ao invés de procurarem o bem, insistem nos erros materiais, e depois ficam a se lamentar. Os menos avisados são enganados facilmente, mas a realidade mostra a verdadeira face desses infelizes.

Antônio procurou mudar seus pensamentos para outro caminho, e pediu a Deus que encaminhasse esses irmãos sofredores, para que pudessem ver o erro e recuperar o equilíbrio.

Mais alguns minutos e chegaram numa região horrível, de radiações pesadíssimas e com o chão formado por um tipo de lodo. É como se fosse um rio muito poluído, com o fundo coberto pelo lodo denso do lixo que se acumula e afunda. Benedito fez um sinal para que todos parassem, e comentou:

— Devemos firmar nossos pensamentos em Deus, pois os fluidos estão mais pesados. Vamos começar a nossa busca.

Nesse instante, todos se concentraram e a luz aumentou de intensidade. Benedito fez um sinal e todos seguiram em frente. Volitaram suavemente, sem tocar no lodo. Mais à frente encontraram uma senhora que parecia estar ajoelhada, enfiada no lodo até a cintura, chorando copiosamente. Benedito parou na sua frente, porém ela não o viu. Então ele falou com a mulher:

— Por que choras?

A mulher levou o maior susto e tentou levantar-se, sem conseguir. Arregalou os olhos, mas não enxergou Benedito, e falou assustada:

— Quem fala? Seria por acaso um anjo?
— É somente um amigo que gostaria de ajudá-la – respondeu Benedito.
— Não existem amigos aqui, mas como não posso vê-lo, só pode ser um anjo enviado por Jesus Cristo para me levar ao céu.
— E isso só um anjo pode fazer? – perguntou Benedito.
— É lógico, sempre aprendi que para se ir ao céu, um anjo vem te buscar.
— Sim, mas por que pensa que um anjo viria buscá-la?
— Estou aqui por pura injustiça. Sempre fui temerária a Deus, ia à igreja todos os domingos, participava de procissões, confessava mensalmente, não podia ter vindo para cá. Deve haver algum engano.
— Não aprendeu na Terra que Deus não erra? Se você veio para cá é porque deve merecer. Sei que você era uma pessoa mesquinha, que nunca ajudou ninguém. Quando via um mendigo, já desviava seu trajeto. Caso a procurasse, o repelia e xingava. Destruiu muitos lares com seus mexericos e fofocas. Ainda assim acha que Deus é injusto?
— Não sei do que está falando! Sempre pedi perdão dos meus pecados em atos de confissão, e sempre fui perdoada. Claro que Deus é injusto!
Falando assim, voltou a chorar e, levantando-se, saiu correndo sem olhar para trás.
Benedito virou-se para Antônio e falou:
— É sempre assim, cometemos diversos erros e achamos que estamos perdoados só porque um padre, num ato de confissão, nos perdoa. Depois acabamos aqui por causa disso e achamos que Deus é injusto.
— Eu tenho pena de todas as pessoas que acreditam que Deus delegou poderes a simples homens, para que estes as possam perdoar. São pessoas ingênuas, que não percebem a enrascada que estão entrando – respondeu Antônio.

— Acontece, pai, que essas pessoas não são tão ingênuas assim. São pessoas que muitas vezes sentem prazer em praticar o mal, e se escondem nas saias da Igreja, enganando a todos e esquecendo que Deus tudo vê.

Falando assim, continuaram em frente. Logo adiante um grupo de quatro homens e duas mulheres conversava nervosamente. Benedito se aproximou e falou:

— Irmãos! Deus esteja convosco.

Todos se assustaram com a presença repentina de Benedito. Um deles, depois de se recompor do susto, falou:

— Que susto! Quer nos matar do coração?

— Que mancada, Antônio. Já estamos mortos, esqueceu? - respondeu outro.

— É uma equipe de busca - falou outro.

— Não quero ir para lugar algum - respondeu o que se chamava Antônio.

— Ninguém vai te levar a lugar algum, seu burro - falou o que parecia ser o líder, e perguntou a Benedito:

— O que quer, caro colega?

— Preciso de uma informação - respondeu Benedito.

— Fale logo e vá embora. Não gostamos de ficar em má companhia - falou o líder, dando uma gargalhada, que todos do grupo copiaram.

Benedito esperou que todos se acalmassem e perguntou:

— Vocês já viram por aqui uma mulher negra, que anda sempre com um lenço vermelho amarrado na cabeça. Ela é baixa e gordinha, e se autointitula enfermeira?

O líder fez um ar de suspeita, colocou a mão no queixo, olhou para Benedito e perguntou:

— Se dissermos que sim, o que ganhamos?

— A minha gratidão - respondeu Benedito.

— Ah!, isso é muito pouco. Quero alguma coisa melhor - falou o líder.

— A gratidão de um homem é o bem mais valioso da Terra. Imagine no céu. Eu sempre passo por aqui e, um dia, poderei ajudá-lo.

— Para mim, a gratidão e a ajuda não existem. Nunca agradeço, porque nunca peço ajuda. Faço tudo sozinho, não preciso de ninguém.

Benedito, vendo que aquele homem era frio e mau, virou-se e começou a caminhar em direção à sua equipe, quando um dos membros da turma o chamou.

— Senhor! Acho que conheço essa pessoa que descreveu, e acho que sei onde ela se encontra.

Benedito, virando-se rapidamente, perguntou:

— Sabe que só posso ofertar a você a minha gratidão?

— Sei, mas gostaria que um dia me ajudasse. Não por enquanto, pois tenho assuntos por terminar, mas se um dia ouvir meu apelo, gostaria de contar com sua gratidão.

— Já a tem, Antônio. Agora me diga onde ela se encontra?

— Ela está morando num prédio horrendo, alguns minutos daqui, indo em frente. Quero avisar que ela está acompanhada de um homem muito mau, que mete medo até mesmo no Carlos, o nosso líder.

— Obrigado pelo aviso, Antônio, e o dia em que se achar preparado, é só pensar em mim e virei buscá-lo.

— Sim, mas como farei isso? Não sei o seu nome.

— Me perdoe, ia me esquecendo: meu nome é Benedito.

Falando assim, despediu-se, caminhou para junto dos outros e disse:

— Brevemente teremos que voltar para buscá-lo, pessoal. Antônio tem um coração bom e, daqui a pouco, irá acordar para a realidade.

— Nunca pensei que iria encontrar um xará meu aqui – falou Antônio.

O grupo seguiu em frente, em busca do tal prédio descrito pelo outro Antônio. Era um casarão do século passado, estilo muito usado pelos barões do café. Estava em péssimas condições: paredes rachadas e esburacadas, escuras e manchadas, e a cerca não existia mais.

Antônio, quando viu aquela casa, levou o maior susto: o casarão era cópia idêntica da casa que ele tinha na cidade.

— Benedito, essa casa é idêntica à que eu tinha na cidade – comentou com voz trêmula.

Ninguém falou nada a respeito e encaminharam-se em direção à porta principal. Chegando nela, Benedito pediu a todos que elevassem seus pensamentos a Deus, porque sentia um forte deslocamento de energias. Então todos firmaram seus pensamentos, inclusive Antônio.

Depois de um minuto de absoluto silêncio e concentração, entraram. Antônio assustou-se com os gritos horripilantes de desespero e lamentações que ecoavam dentro da casa. Parecia que ali era um centro de torturas, só que aparentemente a casa estava vazia. Antônio sugeriu olharem o andar superior, de onde parecia vir todo aquele lamento, e quase de imediato identificou o quarto do qual saíam aqueles sons horríveis: era o quarto de Dinda.

Quando entraram, uma cena horrível os deixou perplexos: duas mulheres nuas, deitadas na cama, amarradas, sendo chicoteadas por um homem e uma mulher negra, que dava estrondosas gargalhadas.

— Reconhece-os? – perguntou Benedito a Antônio.

— Meu Deus! Aquela mulher negra em pé, apesar de estar velha, é Dinda. Mas as outras eu não conheço.

— E o homem que as castiga?

— Preciso chegar mais perto. Está difícil ver daqui – respondeu Antônio.

— Nem precisa se incomodar, pai. É Teodoro, seu ex--advogado.

— Agora sei por que aqueles espíritos o cercavam naquela noite.
— Como? Você já o viu cercado por espíritos?
— Sim, mas é uma longa história, que eu conto outra hora. Vamos acabar com essa bagunça.
— Não podemos, pai. Elas estão nessa situação porque querem. Podemos apenas interromper, procurando chamar a atenção de Teodoro. Mas se o conheço bem, ele irá continuar depois. Viemos aqui buscar Dinda, e precisamos fazê-lo com urgência, pois pelo visto ela está cada vez pior.
— Parece que ela está sentindo prazer em tudo que está acontecendo – disse Antônio assustado.
— Venha, pai, vamos chamá-la à razão.
— E Teodoro?
— Com certeza ele levará um susto, já que não percebeu que estamos aqui, mas quando começarmos a conversar com Dinda, ele nos verá e tentará intervir. Daniel e Márcio vão segurá-lo, para que possamos conversar com Dinda com mais liberdade.

E assim fizeram. Benedito e Antônio se aproximaram de Dinda, enquanto Daniel e Márcio cercaram Teodoro. Primeiro foi Benedito que falou com Dinda:
— Que a paz de Cristo esteja com você – falou em tom grave.

Dinda levou o maior susto e gritou:
— Quem está aí?

Nesse instante Teodoro percebeu que tinha visitas, embora ainda não visse quem eram. Tentou acudir Dinda e foi paralisado pelos batedores. Ele podia ouvir Dinda falar, mas não conseguia se mover nem falar, portanto Benedito e Antônio teriam condições de conversar com Dinda com calma.
— É um amigo seu que quer o seu bem – respondeu Benedito.

— Não tenho amigos e, mesmo que tivesse, duvido que se interessariam pelo meu bem – respondeu Dinda.
— Dinda, não se lembra de mim? Sou Benedito, filho do barão.
— Benedito? Não me lembro de nenhum filho de barão – respondeu meio indecisa.
— Como não lembra, Dinda? Brincávamos juntos no terreiro da fazenda.
— Quando eu era viva? – perguntou, com curiosidade.
— Isso mesmo! Éramos crianças. Você era a mais velha e nos ensinava as brincadeiras que conhecia. Eu adorava brincar de esconde-esconde e você gostava de amarelinha. A gente brigava porque era brincadeira de menina, e você saía correndo atrás da gente. Era divertido.
— Agora estou me lembrando, você era um menino muito peralta. Eu adorava brincar de amarelinha, mas não levava sorte, pois sempre caía no inferno. Nunca consegui chegar no céu – falou em tom melancólico. E continuou: – Mas você não veio até aqui só para lembrar de nossa infância. O que quer?
— Não, Dinda, vim aqui para trazer uma pessoa que quer muito conversar com você. E que também quer o seu bem.
— Eu conheço?
— Sim, conhece, e muito bem – respondeu Benedito.
Nesse instante, Antônio apareceu e Dinda tentou correr, sendo segurada por Vera.
— Tirem esse homem daqui! Eu não quero vê-lo! Tirem! – gritou seguidamente.
Antônio ficou parado, quieto, pensando no que poderia falar para acalmá-la. Foi então que se lembrou de uma parábola de Jesus que contou uma vez, quando seus filhos eram pequenos, e que ela gostou muito.
— Dinda, lembra de quando eram crianças e eu contei a parábola da ovelha perdida? Lembra que eu mudei o fi-

nal para ficar adaptado à nossa situação? Bem, eu vim aqui em busca da minha ovelha perdida.

Dinda lembrou-se que o barão, em seus momentos de tristeza, sentava-se na sua cadeira de balanço, chamava as crianças e contava histórias. Uma vez Alberto e Benedito discutiram. Benedito se fechou no sótão e não queria descer para escutar a história do pai. Então o barão levantou-se para ir buscá-lo. Alberto reclamou, argumentando que se ele não queria ouvir a história, que ficasse lá. O barão não lhe deu ouvidos e foi buscar o pequeno. Quando voltou, contou a parábola da ovelha perdida, mudando o final para enquadrá-los na história.

Depois disso, Dinda acalmou-se e perguntou:

— Veio me buscar? Por quê?

— Porque você é a melhor enfermeira que eu já conheci, e preciso muito de uma enfermeira – respondeu Antônio com um sorriso, pressentindo a predisposição de Dinda.

— Pensei que espíritos evoluídos não mentissem. Como pode? – respondeu sarcástica.

— Não estou mentindo, estou falando a pura verdade. Você está desperdiçando seu tempo aqui, enquanto poderia estar salvando vidas lá na nossa colônia.

— Estou muito bem aqui com Teodoro – respondeu Dinda.

— Dinda, foi também por ele não te ajudar que você ficou sem a casa. Como pode confiar nele?

Dinda então começou a chorar copiosamente. Alguns minutos depois parou e começou a falar:

— Depois de sua morte, barão, seus ex-empregados tomaram a casa de mim. Fiquei desamparada e, sem ter onde morar, decidi ir para São Paulo. Como não tinha dinheiro para ir de trem, decidi ir a pé mesmo. Sem dinheiro e com poucas roupas, em pouco tempo virei uma andarilha, chegando a São Paulo maltrapilha e sem dinheiro. Virei uma mendiga pedinte, comia restos de lixo, quando comia. Dormia ao relento, com frio e chuva. Em pouco tempo estava fraca e doente e, alguns meses depois, fiquei tísica, sendo internada num hospital para tuberculosos.

"Só que lá foi pior do que na rua. A única diferença era que tinha comida todo dia, mas as pessoas me tratavam com indiferença, por ser pobre e, ainda por cima, negra. Não me davam remédios, porque estavam sem recursos, e os poucos que tinham eram destinados aos brancos.

"Alguns meses depois morri, e fui enterrada como indigente. Fiquei algum tempo vagando na Terra, alimentando minha raiva pelas pessoas. Todas as noites eu frequentava os bares dos vivos, vampirizando-os em função dos seus vícios e, principalmente, seus sentimentos de raiva. Foi quando Teodoro me reconheceu, num desses bares terrenos, e me trouxe para cá, onde nos divertimos maltratando essas branquelas idiotas."

Antônio ouvia a tudo quieto, e lágrimas rolaram de seus olhos. Dinda continuava sua história:

— E sabe quem foi o responsável por tudo isso? Você, seu velho mesquinho.

— Eu sei Dinda, me perdoe. Do fundo do meu coração eu peço perdão a você. Sei que você ainda tem um coração bom. Aquela moça que me ajudou tanto e que era tão bondosa não pode ter morrido. Se não consegue me perdoar, tente então por Laurinha, que te espera ansiosa.

— A Laurinha está me esperando? Onde está a minha menina? – perguntou, ansiosa.

— Está te esperando lá na colônia – respondeu Antônio, já percebendo o interesse de Dinda.

— Que saudade dela! Mas não posso ir visitá-la, Teodoro não iria deixar.

— Você realmente gosta daqui, Dinda? – perguntou Benedito.

Dinda, meio confusa, não sabia o que responder. Então Benedito completou:

— Dinda, busque lá no fundo do seu coração a resposta para essa pergunta. Procure lembrar dos bons momentos que passamos juntos, da nossa amizade, e pense: você acha que estaríamos aqui se quiséssemos o seu mal? Você sofreu muito quando encarnada, não precisa sofrer mais aqui no mundo espiritual. Ou você acha que isto que está fazendo é correto?

Dinda baixou a cabeça e disse em voz baixa:

— Estou me vingando deles.

— E você acha que, vingando-se deles, se sentirá melhor? Lembra-se de que Jesus falava para darmos a outra face, para não fazer aos outros o que não queremos para nós. Você que sempre foi muito católica deve se lembrar disso.

Dinda desandou a chorar. Chorava e falava ao mesmo tempo:

— Eu sei, eu sei que estou errada! Meu Deus, me perdoe!

— Ele sempre esteve com você, Dinda, e é por isso que estamos aqui: para te levar a um lugar onde você vai receber tratamento digno. Em pouco tempo estará recuperada, e junto dos seus verdadeiros amigos.

— E Teodoro? Ele vai atrás de mim? Ele é muito inteligente e poderoso. Vai me torturar pelo resto dos meus dias.

— Dinda, olhe para ele – disse Benedito.

Dinda olhou e ficou perplexa, falando:

— O que vocês fizeram com ele?

— Estamos apenas segurando-o. Ele não pode se mexer nem falar. Você acha que ele é tão poderoso assim? Se ele não pode conosco, que não somos nada, imagine se ele poderá fazer alguma coisa com uma pessoa protegida pelo Pai Celestial.

— É, você tem razão. Eu aceito ir com vocês.

Todos choraram, emocionados com a decisão. Então Vera aplicou-lhe passes relaxantes e Dinda adormeceu. Teodoro ainda permaneceria por alguns minutos paralisado, dando tempo para que todos se distanciassem do local. Quando chegaram à colônia, todos do hospital já aguardavam. Acomodaram Dinda em um quarto e iniciaram o tratamento.

Depois de uma semana acompanhando o desenvolvimento de Dinda, Antônio retornou para Recomeçar, mas antes prometeu para os filhos que, em pouco tempo, traria para eles o planejamento completo de sua próxima encarnação.

— Estaremos aguardando, pai – falou Alberto.

— Gostaríamos que retornasse mais vezes para nos visitar – disse Laura.

— Virei sempre que possível, principalmente para fazermos juntos os estudos para a próxima jornada terrena.

— E quanto a mim? Você prometeu que me levaria junto para Recomeçar – falou Alice, ansiosa.

— Primeiro preciso consultar Tiago, mas já posso adiantar que tem grande chance dele autorizar, pois precisamos de enfermeiras. Assim que conversarmos e ele autorizar, virei buscá-la.

Em seguida abraçou a todos e despediu-se. Alberto o acompanhou até o portão. Lá Antônio abraçou novamente o filho e retornou para a sua colônia.

No dia seguinte procurou Tiago, para pedir autorização e trazer Alice para morar com eles, e trabalhar no hospital.

— É lógico que autorizo, Antônio. Pode trazê-la. Precisamos de mais enfermeiras. O problema é onde hospedá-la – disse Tiago.

— Pensei que ela poderia morar comigo na casa destinada a mim. Seria possível? – perguntou meio encabulado.

— Claro!
— Então estamos acertados, na semana que vem irei buscá-la.

E assim aconteceu. Antônio buscou Alice, e ambos passaram a morar sozinhos. Ela começou a trabalhar no hospital, e ele acelerou os estudos de retorno ao plano terrestre.

Todas as semanas passava pelo menos um dia na companhia dos filhos, analisando com eles os objetivos a serem alcançados.

Depois de um ano de planejamento, quando tudo estava quase no final, Tiago chamou Antônio para uma conversa.

— Soube que seu planejamento já está quase no final. - falou Tiago.

— Amanhã iria levá-lo para você fazer uma última análise - disse Antônio contente.

— Antônio, não quero estragar suas expectativas, mas tem certeza que aguentará firme essa empreitada?

— Dessa vez eu aguentarei, Tiago - falou confiante.

— Bem, como eu quero você com a gente, evoluindo sempre, e estou meio preocupado com o seu futuro, pedi autorização aos nossos superiores para que eu pudesse acompanhá-lo nessa caminhada.

— Que bom, Tiago! Adoraria ter você por perto para me ajudar. Mas como faremos isso, se já planejei tudo? - perguntou curioso.

— Planejou ter irmãos? - perguntou Tiago.

— Quis, mas me aconselharam a planejar apenas os meus resgates, com Alice, meus filhos e Dinda. O restante ficaria a cargo das outras pessoas interessadas, pois cada conhecido que queira retornar e tem afinidades para com a nossa imensa família, deveria fazer seu próprio planejamento, dentro de suas possibilidades.

— Exatamente. Planejei ser seu irmão mais novo, que não irá desgrudar de você. E, também por causa dessa enorme amizade, você irá fazer com que seu objetivo seja alcançado.

— Que alegria imensa tê-lo junto comigo, mais uma vez, amigo. Principalmente porque você será a prova viva do meu resgate.

Falando isso, abraçou Tiago, emocionado.

No dia seguinte convocou todos os filhos para uma reunião na sua casa, divulgando oficialmente o planejamento que fizeram. Estavam lá Alberto, Benedito, Carlos e Laura, além de Alice e Tiago, que juntos passariam à comissão de controle. O responsável pela comissão leu o resumo do planejamento a todos os presentes:

— Basicamente este planejamento refere-se ao retorno do senhor Antônio ao plano terrestre, para resgate de ordem moral, incluindo nesse também o resgate de ordem moral da senhora Alice e da senhora Dinda, tendo como missionários os senhores Alberto, Benedito, Carlos e Tiago, e a senhora Laura.

"Antônio será João Batista, um negro que mora no meio de uma comunidade de imigrantes italianos e alemães, e terá que vencer os preconceitos de todos para poder se casar com Alice, que irá se chamar Fernanda Scardini. Terá o senhor Tiago como irmão mais novo, e depois, como filhos, os senhores Alberto, Benedito, Carlos, Laura e Dinda, a qual tendo muito a resgatar e, devido ao seu alto grau de desequilíbrio ainda remanescente, nascerá com um pequeno problema mental, mas será muito protegida e amada por todos, sendo compelida a reequilibrar-se, o que dará a todos a oportunidade desenvolver-se moralmente e provar a fraternidade para com o próximo."

Terminada a apresentação, todos se despediram e retornaram as suas casas. Antônio e Alice conversavam emocionados:

— Será que conseguiremos resgatar tudo sem cometer novos erros, Antônio? – perguntou, quase chorando.
— Claro que sim, querida. Sofreremos bastante, mas a dor nos ensina e eu me esforçarei ao máximo para alcançar nosso desenvolvimento.
— E os nossos filhos, será que terão paciência com os problemas que surgirão com a Dinda?
— Confio muito na liderança do Alberto. Ele não deixará os outros cometerem erros, e Dinda se desenvolverá. Confie em Deus e tudo acabará bem.
— Eu confio, e acredito em Sua bondade infinita.
— Por isso teremos esta e muitas outras oportunidades de evoluirmos, Alice.

Capítulo 13

O *novo* recomeço

O barão de Araruna sempre foi um fazendeiro consciente de que, sem os escravos, sua fazenda nunca seria o que era. Abominava os maus-tratos, mas, como os outros fazendeiros, nunca ofereceu boas condições de vida a seus escravos. Todos, com exceção de alguns poucos, moravam na senzala. Apesar de terem boa alimentação, ao contrário dos outros fazendeiros, que mal alimentavam os seus. Ele sempre observou que a boa alimentação resultava em maior produção. Ou seja, usava e abusava do regime escravagista.

Quando a tragédia alcançou sua família, um grande peso caiu em sua consciência e, como forma de indenizar as pessoas que o ajudaram a criar seu patrimônio, resolveu repartir suas terras com seus escravos. As más línguas condenavam-no de hipócrita, pois diziam que ele só fizera isso para não deixar suas terras para o governo. Porém, quem conhecia o velho barão, sabia que sua intenção era realmente ajudar a essas pessoas, pois tinha conhecimento dos sofrimentos que elas iriam enfrentar num mundo preconceituoso e, principalmente, sem trabalho para todos. Sabia que a única companheira constante destas pessoas seria a fome. Pelo menos os seus não teriam esse sofrimento.

Um de seus "herdeiros", conhecido apenas por Benedito, teria um papel marcante na continuidade de sua história reencarnante. Benedito não tinha sobrenome, pois os escravos não tinham esse direito. Após a abolição da escravatura, o governo decretou que todos deveriam providenciar documentos para poderem ser reconhecidos como cidadãos. Benedito passou a adotar o sobrenome do barão, em sinal de respeito e gratidão, ficando Benedito da Silva.

Benedito, quando escravo, era um jovem forte e de personalidade marcante, que chamava a atenção do barão. Por esse motivo, caiu nas boas graças de Antônio Duarte, que o protegia e só lhe dava afazeres burocráticos. Aprendeu a ler e escrever, uma honraria para um escravo. Quando da divisão das terras do barão, este impôs uma condição para o recebimento das mesmas: o escravo beneficiado não poderia ser solteiro, e Benedito era solteiro, não por imposição, mas porque não tivera oportunidade de conhecer nenhuma moça.

Prática comum nas fazendas, os escravos não podiam formar famílias. Normalmente o escravo mais forte era o reprodutor, porém essa prática não impedia que eles formassem clandestinamente famílias. Tinha ainda o problema dos mestiços, filhos das escravas com os fazendeiros, que ficavam um nível acima dos outros e, normalmente, eram alforriados e podiam constituir famílias e negócios, apesar de suas mães continuarem como escravas.

Benedito não era um reprodutor, visto que o barão abominava tal costume, mas por viver dentro da casa grande, era deixado de lado pelos outros, por isso seria difícil arranjar uma companheira. Para resolver a questão, o barão casou Benedito com a filha de sua ama de leite preferida. A situação imposta agradou Benedito, mas não à moça, que tinha outro pretendente. Mas ela não tinha muita escolha, afinal uma mulher branca já não tinha direito a quase nada, imagine uma mulher negra. Benedito, casado, teve então direito ao seu pedaço de terra.

Com o passar do tempo, vários "herdeiros" do barão foram se desfazendo das terras, venderam para os estrangeiros, que chegavam ao Brasil fugindo da fome na Europa. Benedito ficou. Não entendia por que seus irmãos de cor estavam abandonando suas terras para ir morar na cidade, sem perspectiva de futuro. Poucos escravos tinham a sorte que eles tiveram. O que ele não entendia é que, depois de tanto sofrimento na roça, seu povo queria apostar todas as fichas em outra esperança: a igualdade no mundo branco das fábricas da cidade, onde talvez o sofrimento fosse menor. Mas esse sonho também virou pesadelo.

Benedito tinha agora seis filhos e, aproveitando a oportunidade, comprou um sítio fronteiriço ao seu, aumentando para vinte hectares o total de suas terras, o suficiente para sustentar sua grande família. Benedito sempre pensou no futuro dos filhos. Com a debandada dos "herdeiros" do barão, passou aos poucos, e com muito sacrifício, a comprar novos sítios, com a intenção de dar um para cada filho.

O mais velho de seus seis filhos, José Duarte da Silva, que seria o pai de João Batista, ficou com o primeiro sítio a ser adquirido, separando novamente o que eles chamavam de sítio da casa grande, ou seja, o doado pelo barão.

Com a morte do velho Benedito, o sítio da casa grande seria dividido entre todos os filhos, mas José Duarte o comprou dos irmãos, anexando o seu novamente à casa grande.

* * *

Era noite ainda, mas no horizonte os primeiros raios de luz já despontavam, dando um tom avermelhado ao céu. Os pássaros já começavam a cantar festivamente. O vale, todo formado por pequenas chácaras, tinha ao fundo a serra do Mar e a mata Atlântica. No meio do vale se destacava uma chácara, pela beleza da entrada. A cerca, formada por roseiras, por ser primavera, estavam cheias de botões de diversas cores, prestes a se abrirem. O portão, feito de madeira, pintado de branco. A estrada de pedra brita fina, levava até a casa central, cercada dos dois lados por palmeiras imperiais. A casa de madeira era grande para os padrões locais, tendo na parte da frente uma varanda, com uma rede e uma cadeira de balanço.

Dentro, a luz da cozinha estava acesa. Em seguida, o agradável aroma de café sendo preparado se espalhava pela casa. Enquanto preparava o café, a pessoa cantarolou baixinho uma música popular. Terminada a tarefa, pegou uma grande xícara de porcelana branca e, colocando café até um pouco mais da metade, completou o restante com leite. Depois caminhou vagarosamente até a varanda, sentando-se na cadeira de balanço, fixou o olhar em direção à serra do Mar e começou a admirar o nascer do sol.

A pessoa estava numa espécie de transe, a admirar a natureza. Chamava-se João Batista da Silva, ou simplesmente João, como diziam os amigos. Beirando os 73 anos, mas sem aparentar a idade que tem, devido à sua pele negra apresentar poucas rugas, e seus cabelos ainda não estarem totalmente brancos.

João era um homem alto e forte. Orgulhava-se de nunca ter ficado doente com gravidade, mas ultimamente sentia um pouco de fraqueza e desanimava-se com facilidade. O grande motivo era a recente morte de sua esposa: Fernanda Scardini da Silva, sua companheira por mais de quarenta anos. Fernanda morreu de câncer no útero. Sofreu muito durante o tratamento intensivo de um ano, mas João, sempre ao seu lado, procurava amenizar seu sofrimento, estando sempre bem-humorado e tentando transmitir-lhe a confiança de que tudo iria acabar bem. Fernanda era chamada de Nandinha, por ser a mais nova da família, e pelo corpo franzino e magro.

Apesar de sentir-se solitário, João tinha uma grande família, cinco filhos, sendo três homens e duas mulheres, dez netos, e estava perto o primeiro bisneto.

Normalmente, nos fins de semana, seus filhos o visitavam, e ele adorava ficar passeando a cavalo pela chácara com os netos.

O sol já estava alto, quando um barulho o despertou do transe. Renatinha aproximava-se com cuidado, mas esbarrou num banquinho, fazendo barulho. João fez de conta que nada ouvira e, quando esta se aproximou, ele saltou da cadeira, pregando-lhe um susto.

Renatinha parou repentinamente e, com o susto, colocou as mãos no rosto, soltando um grito. João deu uma bela gargalhada, e Renatinha corou de raiva. Ela não era uma pessoa comum, pois tinha um pequeno retardamento mental devido a complicações no parto, em que ficara poucos minutos sem respirar, ocasionando a lesão. Apesar de tudo, sempre foi uma criança esperta, que adorava brincar, dentro dos seus limites. Com muito esforço, aprendeu a ler e escrever com sua mãe, pois nunca foi a uma escola, por causa do seu problema. Por ser a caçula, era paparicada por seus irmãos, e ela, por sua vez, adorava seus sobrinhos. Ajudava a cuidar deles com zelo e carinho.

Com a morte de sua mãe, passou a cuidar do pai com carinho, apesar de depender mais dele ainda. Renatinha já tinha vinte e cinco anos, mas com consciência de uma adolescente de quinze. Nunca conversara assuntos pessoais com o pai, e isso a incomodava. Ele andava triste e acabrunhado. Queria vê-lo alegre novamente e, quando o viu dando aquela gostosa gargalhada, achou que era a sua oportunidade.

— Pai, posso conversar com você um pouquinho?
— Claro, filha! O que deseja conversar?
— É um assunto pessoal. Não sei como começar! - seu rostinho corou e ela abaixou a cabeça.

João percebeu que ela nunca se aproximara dele antes, para esse tipo de conversa. Sempre usara a mãe para esses assuntos. "O que será que ela queria?", pensou, temeroso que fosse assunto de mulher.

Depois de algum tempo pensando, decidiu dar continuidade à conversa:

— Não precisa ficar com vergonha, filha, pode falar!

— Sabe, pai, eu gosto muito de ler histórias românticas, e sempre tive muita curiosidade em saber como você e a mamãe se conheceram.

— Você nunca perguntou para ela?

— Várias vezes, mas sempre que ela começava a contar, alguém interrompia. O tempo passou e ela não me contou.

— Bem, por onde vou começar – falou baixinho.

— Fale de quando o senhor a conheceu – respondeu Renatinha.

– Isso aconteceu muito tempo atrás. Eu devia ter dezesseis, quase dezessete anos, e a sua mãe uns treze anos. Foi numa festa da igreja na cidade. A gente morava num sítio, uns quinze quilômetros de distância dali.

De repente, João voltou no tempo, em pensamento, e tudo parecia que estava acontecendo naquele instante...

* * *

— Você não vai se arrumar para a gente ir até a festa da igreja, João?

— Será que vale a pena, Tião? Essas festas são tão chatas, a gente só gasta dinheiro.

— E a gente precisa gastar dinheiro, João? Eu quero ir só para ficar flertando com as meninas.

— Ora, Tião, aquelas branquelas nem olham para nós.

— E daí, fico olhando e imaginando eu abraçado com alguma delas.

— Pare de sonhar, homem de Deus! Aquela italianada nunca vai permitir que a gente encoste a mão nas raparigas deles.
— Ora bolas, João! Sonhar não custa nada.
— Tá certo. Vou tomar um banho e trocar de roupa, e a gente já vai, certo?
Sebastião, ou simplesmente Tião, como era mais conhecido, era o irmão mais novo de João. Tinha quinze anos, mas parecia ter mais, por causa da esperteza e vivacidade. Era alto e forte como o irmão. Enquanto o outro era tímido e quieto, Tião era extrovertido e alegre. Moravam em um sítio de vinte hectares com os pais e duas irmãs, onde cultivavam café, feijão e milho. No chiqueiro tinham alguns porcos e, no terreno atrás da casa, algumas galinhas caipiras. A casa era simples e o chuveiro era improvisado, fora da casa.
João tomou seu rápido banho e vestiu sua única roupa de passear. Era um terno de linho branco, todo amassado, mas não porque ele tinha preguiça de passá-lo, e sim porque era moda usá-lo assim. Aliás, quanto mais amassado, melhor. Agora, o detalhe mais importante ficava por conta dos sapatos: eles eram de couro preto e branco, com cordões brancos. Tião vestiu também sua única roupa: um terno de linho amassado, em tons pastel e sapatos pretos. Cada um tinha seu cavalo, todo paramentado, com cela de primeira e arreios prateados. Montaram e foram até a cidade.
A cidade de Ribeirão das Pedras era pequena. Tinha duas avenidas principais: uma era a Dom Pedro II e a outra era a nova, chamada de Marechal Deodoro. A praça central era cheia de árvores e bancos. Ao centro tinha um coreto, onde a banda da cidade se apresentava todos os sábados à noite. Em volta da praça ficavam os prédios públicos: prefeitura, câmara de vereadores, cartório, delegacia, e o prédio mais importante de qualquer cidadezinha do interior, a igreja.

A igreja tinha como santo padroeiro São Benedito, o protetor dos negros, não por ironia do destino, e sim porque a comunidade mais antiga na região era de negros escravos, que inicialmente construíram uma pequena capela. Eram obrigados a assistir a missa do lado de fora da mesma, não porque não havia espaço interno, mas porque era proibido a um escravo entrar em qualquer igreja. Estes escolheram o seu santo protetor como padroeiro, mesmo que informalmente, no início. Para os brancos, o padroeiro era outro; com o passar do tempo e com o fim da escravatura, o povo acabou por aceitar o relegado como oficial.

Com a vinda dos imigrantes, fervorosos católicos, iniciaram campanha para aumentar o seu tamanho e, como de costume, exageraram. A igreja ficou enorme para o tamanho da cidade. De arquitetura barroca, seu interior, repleto de santos esculpidos em mármore, os vitrais davam um colorido todo especial ao interior e, no altar, prata e ouro enfeitavam. Só faltava o salão paroquial, e era esse o motivo da festa.

Chegando lá, a festa já estava em andamento. João e Tião encontraram alguns amigos na barraca que servia cerveja caseira gelada, a única bebida, além de refresco de limão e guaraná, que o padre permitia que as pessoas tomassem, pois tinha pequeno teor alcoólico e era produzido pelos imigrantes alemães que moravam ali perto. Os italianos, àquela época, ainda cultivavam o café, e somente depois da guerra é que começariam a produzir vinho.

Ficaram lá jogando conversa fora. Tião, como sempre o mais alegre, contava piadas. Num outro canto da barraca estava um grupo de jovens, descendentes de italianos e alemães. Conversavam sérios sobre a guerra na Europa.

— Os alemães estão dominando quase toda a Europa – disse um.

— Eles se aliaram aos italianos e aos japoneses – falou outro.
— Essa guerra tá no papo – comentou outro.
— Não sei não, se os americanos entrarem mesmo na guerra, a coisa vai ferver – falou novamente o primeiro.
— Como, se eles entrarem mesmo na guerra? Eles já entraram. Vocês não sabiam? – perguntou um outro.
— Não, não sabia. Como você sabe?
— Fiquei sabendo pelo rádio.
— Ah!, bom. O nosso rádio pifou. Quando foi isto?
— Acho que já faz um mês. O Japão atacou uma base americana no Havaí.
— Onde fica isto?
— No oceano pacífico, seu burro.
— E agora o que vai acontecer com o futuro da guerra?
— A coisa vai ficar feia para os alemães.
— E nós, brasileiros, vamos ficar de qual lado?
— Dos alemães, é claro.
— Não sei não. Tão falando que são submarinos alemães que andam afundando os navios mercantes brasileiros.
— Isso é mentira – protestou um deles. – São os americanos que querem colocar a culpa nos alemães, só para que fiquemos do lado deles.
— Pode ser – falou outro.
João, escutando a conversa, ficou curioso e aproximou-se para conversar. Os rapazes fizeram de conta que não perceberam sua presença até que João perguntou:
— E se for verdade que os alemães estão afundando nossos navios, Getúlio vai declarar guerra contra eles. Daí teremos que ir à Europa lutar?
Os rapazes fizeram de conta que não ouviram, mas um deles, percebendo o mal-estar, respondeu ao João:
— Acho que sim, João.

João notou que não fora bem recebido, e voltou para o seu grupo.
— Que foi, João, te trataram mal? – perguntou um amigo muito forte, com cara de zangado, chamado Jeremias.
— Não! Acho que eu fiz uma pergunta inconveniente.
— Ah!, bom, porque se eles te tratarem mal, é só me falar e eu dou um jeito nestes tedescos idiotas.
— Jeremias, por que eles são assim? – perguntou João.
— A ideologia deles é a da raça pura. Eles acham que só os da raça branca são puros e fortes, as outras raças são impuras e fracas – respondeu Jeremias.

Jeremias era um negro de estatura mediana, mas muito forte e musculoso. Jogava capoeira e, por isso, era respeitado por todos na cidade. Mas sentia na carne o preconceito dos italianos e alemães.

— De onde vieram essas pessoas? – perguntou Tião.

Jeremias apressou-se em responder:

— Pelo que eu sei, os italianos vieram para o Brasil no final do século passado e início deste. Muitos foram para São Paulo, outros para o Paraná, Santa Catarina e Rio Grande do Sul. Os avós desses rapazes estavam morando em São Paulo. Como eram muito radicais, acabaram sendo expulsos pela comunidade italiana de lá, e vieram aqui para o interior. Os alemães também escolheram para viver o sul do Brasil, mas um grupo preferiu o interior do estado de São Paulo, e vieram para cá. Agora, o que deixou todos os brasileiros revoltados com a vinda desse pessoal é que eles receberam terras de graça, enquanto nós temos que pagar, e caro, pelas mesmas terras. Na época, a revolta com o governo foi grande e, se não bastasse isso tudo, os caras são racistas. Os filhos deles só podem casar com outros da mesma raça, formando aquelas colônias enormes.

— Isso é um absurdo – respondeu João. – Além de

viver aqui, fugindo da fome no país deles, querem viver como se estivessem ainda no país de origem, renegando as outras pessoas do país que os acolheu?

— É, só o Brasil aceita tal situação. Qualquer outro país já teria expulsado essa gente – respondeu Tião.

Todo mês o padre realizava uma festa para arrecadar fundos, visando a conclusão e ampliação do salão paroquial. A festa consistia em várias barracas de comidas típicas e de jogos. Começava no sábado, após a primeira missa, com um jogo de futebol entre o time da paróquia local e outro da paróquia vizinha, da cidade de Sertanópolis. Após o jogo, era servido um churrasco, no barracão ainda em construção, composto de uma chuleta, uma porção de macarrão ao molho, uma porção de farofa e outra de salada de tomate e cebola.

À tarde, começavam os jogos nas barracas. Tinha o jogo das argolas, que consistia em acertar a argola em uma garrafa, e receber o prêmio indicado nela. Tinha também o de derrubar latas, que consistia em atirar uma bola de meia em várias latas empilhadas; quem conseguir derrubar todas as latas da mesa ganhava o prêmio.

Mas a barraca mais disputada era a do tiro ao alvo. Com espingardas de pressão que disparavam rolhas, o objetivo era acertar os maços de cigarros que ficavam em uma estante, a uns cinco metros de distância do atirador. Era muito difícil acertar, visto que a rolha modificava sua trajetória e, para ganhar o prêmio, era necessário, além de acertar o maço, derrubá-lo no chão, o que dificilmente acontecia, pois a força não era suficiente para jogá-lo longe da estante. Os prêmios normalmente eram guloseimas, e os mais cobiçados eram os enormes ursos de pelúcia com que os rapazes presenteavam as moças.

Enquanto todos discutiam sobre os motivos que levavam os italianos e alemães a serem tão radicais, João observou que o outro grupo de rapazes estava na barraca do tiro ao alvo, na maior bagunça.

— Vamos lá ver o que eles estão fazendo?

E os quatro rapazes foram à barraca e ficaram a meia distância, observando. A bagunça toda era que, até aquela tarde de domingo, ninguém havia conseguido ganhar muitos prêmios naquela barraca. Mas o Helmut, um rapaz de origem alemã, loiro, alto e magro, em cinco tiros tinha ganho quatro prêmios e, agora, tentava ganhar o urso de pelúcia. Por três tentativas quase conseguira. O maço de cigarros estava quase caindo, só que ficara mais difícil acertar, já que o maço estava enviesado e a área de acerto diminuíra. Nas duas tentativas restantes, ele não acertou, desapontando seus colegas.

João, distraída e inocentemente, disse:

— Quero tentar!

— É muito difícil – retrucou Tião. – Além do mais, deve ser arrumado para não cair.

— Não é isso não, Tião. O segredo está em aonde acertar, e tem que ser de primeira, porque se errar e deixar meio torto, aí você não acerta mais.

Próximo a ele, um rapaz de origem italiana, escutando o que João falara, saiu berrando, como todo bom italiano:

— Ei, pessoal, o rapaz aqui disse que é fácil acertar!

— Ele disse o quê? – retrucou Helmut.

João ficou sem jeito, mas confirmou, e disse que tudo era uma questão de acertar no local certo e de primeira. Foi uma gargalhada geral, que chamou a atenção de todos.

Helmut então desafiou João:

— Então por que você não derruba o maço do urso, e mostra como é fácil?

João, que inocentemente não esperava essa reação, titubeou, mas em seguida pegou a arma, posicionou-se e mirou. Nesse instante, ele observou que tinha alguma coisa errada com a espingarda de pressão: a rolha estava torta. Então ele mexeu na rolha, mas ainda assim continuava torta. Deduziu que era o cano que estava defeituoso e, procurando compensar na mira o desvio, apontou um pouco abaixo da base do maço, porque sabia que, se acertasse bem na base, o maço iria dar um salto para frente e cairia fora da estante. Achando o ponto na mira, segurou firme a espingarda e disparou. A rolha acertou bem no pé do maço, que deu um pulo para frente e caiu fora da estante. Os seus três amigos vibraram e aplaudiram. Os outros rapazes emudeceram e fecharam a cara, enquanto João recebia o prêmio.

Helmut aproximou-se e falou, em tom de despeito:

— Foi um golpe de sorte, isso não acontece de novo.

João, com o urso na mão, retrucou:

— Será mesmo?

Helmut ameaçou ir para cima de João, mas este o encarou nos olhos e disse:

— Olhe, rapaz, eu não estou a fim de brigar, mas se você quiser, é só falar, pois não tenho medo de cara feia. Você perdeu para um negro, e vai ter que aceitar isso de qualquer jeito.

Helmut ficou quieto e se afastou, junto com seus amigos. Foram em direção a outra barraca. João e os outros ficaram comemorando o feito, quando Jeremias perguntou:

— João, o que você vai fazer com esse ursão?

— Não sei - respondeu.

— Ora! Vai ter que dar para uma garota, é lógico! - retrucou Tião.

— Mas quem? Não conheço ninguém!

— A gente acha alguém - disse Jeremias.

Nesse instante começou o baile no salão paroquial,

apesar de ainda ser quatro horas da tarde. Acontece que o baile acabava com o início da missa, às 8 horas da noite. Apesar de o padre ficar observando o comportamento de todo mundo, a viola e a sanfona davam o ritmo, e os casais rodavam pelo salão.

João e sua turma compraram as entradas. Sim, porque o baile fazia parte do ajutório às obras da igreja. Dirigindo-se ao salão, Tião, que era o mais empolgado, começou a rodopiar sozinho, fazendo graça para as moças. Jeremias puxou uma cadeira e sentou-se num canto, junto com o João, e começaram a observar os casais que dançavam. Logo avistaram Tião com uma moça, mulata como ele, pois as outras moças não quiseram dançar. Os dois logo se afinaram com o ritmo da música, e começaram a chamar a atenção, pelo modo como dançavam.

— João, o seu irmão vai arranjar encrenca para gente, se continuar dançando desse jeito – disse Jeremias.

— Não ligue para isso, Jeremias. Ou você tá com medo dos tedescos?

— Eu, com medo destes pobres coitados? Dou conta de quatro deles ao mesmo tempo.

— Então tá com medo de quê?

— Estou com medo é do padre. Ele não tira o olho do seu irmão.

— Bem, nisso você tem razão. É melhor a gente alertar o Tião, e pedir para ele não exagerar, senão o padre expulsa a gente daqui.

João se aproximou de Tião e, com jeitinho, o levou para a beira da pista, dizendo:

— Tião, sossega o facho, que o padre tá de olho em você. Daqui a pouco ele expulsa a gente do baile por sua culpa.

— Ah!, o padre tá de olho em mim, é? – respondeu com ironia.

— Olhe aqui, senhor Sebastião, se a gente for chutado para fora por sua causa, eu juro que lhe dou uma surra. Você vai ficar uma semana de cama.

Tião não só tinha muito respeito pelo irmão mais velho, como medo, pois conhecia a força dele.

— Tá certo, eu vou me controlar. Mas não é por causa de você não, é por causa do padre, viu?

— Sei, vou fazer de conta que acredito.

Tião voltou à pista com a moça, e João retornou para a mesa. Mal sentou-se e observou uma moça branca no outro lado da pista. Ficou curioso, pois nunca a tinha visto na cidade.

— Jeremias, quem é aquela moça lá no outro lado?

— Qual delas?

— Ora, a do meio, pois as outras duas eu sei quem são.

— Sei não – respondeu meio que disfarçando.

— Como não sabe? Você vive aqui na cidade quase todos os dias. Como não há de saber?

— Certo, só sei que se mudou para cá faz pouco tempo. Os pais dela compraram o sítio dos Costenaro, que mudaram para o Rio Grande do Sul.

— Ora, é lá perto do nosso. Como eu não sabia disto?

— Sei lá, mas você não está interessado na moça, está?

— Deixa de bobagem. Só achei que ela é pra lá de bonita. Ela parece diferente das moças daqui.

— Não vejo diferença nenhuma. Para mim elas são todas iguais.

— Veja a maneira dela se sentar, é diferente. Ela cruza as pernas e a postura dela é reta. Olha o jeito das outras sentarem, todas desconjuntadas.

— Bem, nisso você tem razão. Se gostou tanto assim, por que não vai tirar ela para dançar?

— Não sei não, tenho medo de levar tábua.

— Deixa de ser medroso – retrucou Jeremias.

— Não é medo, é vergonha. E depois, eu não gosto de ir chegando assim. Parece que a gente está forçando.
— Ihhh! Isso é conversa fiada. Você está é com medo.
— Não é isso, Jeremias. Só estou pensando em uma maneira de como chegar até ela, e o que vou falar.
— Mas se você não chegar perto, não saberá nunca.

João balançou afirmativamente a cabeça, levantou-se, respirou fundo e foi em direção à moça.

Realmente, Fernanda era diferente das outras moças. Nascera em São Paulo e fora criada como uma princesa. Estudou em colégio de freiras e teve uma educação primorosa. Era muito bonita. Sua pele, clara como uma folha de papel, não tinha manchas. Seus cabelos morenos e lisos eram compridos, indo até a altura dos quadris. Tinha os lábios grossos, e seus grandes olhos azuis completavam aquele rosto angelical. Ela usava um vestido azul-claro cheio de rendas e enfeitado com paetês, muito bonito, parecendo um vestido de noiva.

Quando João chegou perto, ficou atordoado com tanta beleza.

Na verdade João não sabia o que fazer. O medo de ser esnobado e rejeitado fazia com que suas pernas ficassem paralisadas. Ele ficou ali parado, com o olhar perdido. Então Nandinha quebrou o encanto:

— Moço, você está bem?

João levou um susto com a pergunta, mas não perdeu a chance.

— Estou bem! Não sei o que me deu.
— Não quer sentar aqui, até passar esse mal-estar?
— Não sei se devo.
— Ora! Por que não?
— É que a mesa só tem moças e não fica bem um rapaz...

Nandinha interrompeu João:

— Deixe disso, rapaz. Não tem nada a ver.
Então João sentou-se, e as outras moças se viraram para o outro lado, com cara de reprovação. Nandinha achou aquilo uma ofensa, e começou a conversar com o rapaz.
— Deixa para lá, não ligue para elas. Como é o seu nome?
— João, quer dizer, João Batista da Silva, as suas ordens.
— O meu é Fernanda Scardini, mas pode me chamar de Nandinha, que é o meu apelido. Estou morando aqui há pouco tempo. Meu pai comprou um sítio aqui perto.
— É, eu sei. O sítio dos Costenaro, não é mesmo?
— Isso! Como sabe?
— Aqui as notícias andam depressa. Eu moro perto da sua casa.
— É mesmo, onde?
— Indo pela estrada, mais ou menos um quilômetro.
E os dois ficaram conversando. As duas moças que estavam na mesa, depois de algum tempo, notaram que a conversa ficou animada. Com inveja, levantaram-se sem falar nada e saíram. Terminando de atravessar o salão, encontraram o grupo de rapazes que, pouco tempo atrás, perderam a disputa do tiro ao alvo para o João:
— E daí: estão se divertindo? - perguntou Helmut.
Uma delas respondeu com raiva:
— Que nada! Esses bailes são uma chatice.
— Ora, por quê? - perguntou outro rapaz.
— Esses bobocas não tiram a gente para dançar e, quando vêm conversar, só falam besteira.
— Bem, eu não sei dançar essas músicas – respondeu Helmut, dando de ombros. E continuou: - Cadê aquela belezura que estava com vocês?
— Está lá na mesa, conversando com o João Batista.
— Com quem? - perguntou Helmut, já levantando a voz.

— Com o João...
— Não é possível que ela esteja conversando com aquele neguinho.
— E parece que a conversa está interessante. Olhe lá e veja o sorriso dela.

Realmente, pelos sorrisos de ambos, a conversa estava animada. Bem no instante em que Helmut olhou em direção à mesa, João estava dando o urso que ele ganhou no tiro ao alvo para Fernanda.

— Olhe, tenho uma lembrança para você.

Ela, curiosa, perguntou o que era. Ele, que segurava o urso escondido nas costas, mostrou, e ela fez cara de surpresa.

— Mas que urso lindo! Onde conseguiu?
— Na barraca de tiro ao alvo.
— Nossa, então você deve atirar bem! Todo mundo estava tentando ganhar esse urso, mas ninguém conseguia.
— É questão de jeito – respondeu meio encabulado.
— Obrigada, mas não posso aceitar.
— Por favor, pegue. Eu não sei o que fazer com ele, e gostaria que servisse de lembrança pelos momentos tão agradáveis, pois nunca uma moça branca da cidade conversara comigo assim.
— O que é isso! As moças daqui nunca conversaram com você?
— Muito raramente.
— Isso é repugnante! Como podem ser tão racistas assim?
— O povo aqui é assim, mas você é diferente. Espero que, por conversar com você, eu não acabe causando problemas.
— Claro que não! Adorei conversar com você, espero que possamos conversar mais, outra hora.
— Com o maior prazer... João nem chegou a terminar,

e a mesa foi cercada pelo grupo do Helmut.
— Esse negrinho está te incomodando, Fernanda?
— Claro que não. Estamos apenas conversando.

Mas Helmut nem prestou atenção ao que Fernanda falou. Partindo para cima de João, este se levantou e peitou Helmut. Os dois eram quase da mesma altura. Com olhar decidido, João o assustou um pouco, e Helmut deu meio passo para trás, mas como estava protegido pelos colegas, se encheu de coragem.
— Ô, moço! Você não se enxerga, não?
— Não entendi sua pergunta - respondeu João, meio irônico.
— Não se faça de bobo, que você sabe do que estou falando.
— Não, não sei do que você está falando.
— Você sabe que não gostamos que vocês, negros, fiquem conversando com nossas moças.
— Quer dizer que vocês são donos das moças da cidade, agora?

Fernanda tentou intervir, mas os rapazes nem deram atenção a ela.
— Olha, Helmut, eu converso com quem eu quiser. Ninguém manda em mim, viu!

Nesse instante, o pessoal do João, que estava do outro lado, notou a confusão e foi correndo em direção à mesa.
— Algum problema aqui? - perguntou Jeremias, com voz grave.

Os rapazes, vendo Jeremias, se assustaram. Helmut tentou ainda se manter firme na sua posição, mas quando Jeremias ameaçou partir para briga, ele recuou.
— Não, não tem problema nenhum.
— É bom mesmo - retrucou Tião -, ou o pau vai quebrar, e não vai ser bom para ninguém, não é mesmo?

Fernanda tentou interceder novamente.

— João, foi bom conversar com você, mas agora preciso ir embora. Já está tarde, outro dia a gente continua a nossa conversa, certo?

— Tudo bem, Nandinha. Posso te chamar de Nandinha, não posso?

— Claro que pode!

A permissão de chamá-la pelo apelido caiu como balde de água fria na cabeça de Helmut, pois era da tradição apenas os mais chegados à família chamarem alguém pelo apelido. Fernanda procurou suas amigas e foram embora. Os rapazes ainda ficaram algum tempo se encarando de longe, mas nada aconteceu. Até que o padre subiu no palco improvisado e anunciou a última música, e depois todos deveriam ir à igreja, para a missa de encerramento da festa.

Assim foi o primeiro encontro de João e Fernanda. Dias depois, ele ainda ficava pensando naqueles momentos, em como ela abraçara o ursinho e fora embora, olhando de vez em quando para ele. Foi amor à primeira vista.

No domingo seguinte, levantou cedo, correu para o chuveiro e caprichou no banho. Depois, vestiu seu terno e perfumou-se todo. Tião, que acabara de levantar, assustou-se com o irmão.

— Não acredito, João! Você levantou cedo no domingo?

— Não quero perder a missa das nove, Tião.

— Não é possível, vai chover! Além de levantar cedo, ainda não quer perder a missa! O que está acontecendo? Você está doente?

— Claro que não estou doente – respondeu João.

— Deve estar com febre, você nunca foi a uma missa.

— Não seja mentiroso, Tião, já fui a várias.

— Já! Só que eram casamentos ou missas de sétimo dia.

— Está certo. Vou por causa da Nandinha.
— É claro! Como fui burro.
— Ela costuma assistir à missa das nove.
— Mas como você sabe disso?
— Ela mesma me falou, semana passada.
— Claro, já havia me esquecido.
— E você, seu carola, que vive nas missas, por que não levanta e vai junto comigo?
— E quem vai junto com a mamãe? E tem mais: eu não sou carola, apenas gosto de assistir às missas e rezar pelos meus irmãos infiéis.
— Só que, por mim, não precisa rezar. Tenho o corpo fechado e nada de mal vai me acontecer.
— Eu não rezo por isso.
— Então reza pelo quê?
— Rezo para que não cometam loucuras e estraguem o seu destino. Para que tomem a decisão correta e sigam o seu caminho sem desvios, e consigam alcançar seus objetivos, sem tristezas e sofrimentos.

João não entendeu o porquê daquele discurso do irmão mais novo. Está certo que ele era o mais ajuizado da família. Todos os domingos ia à missa com a mãe e as irmãs. Não era obrigado; ia por livre e espontânea vontade. Mas daí a falar aquilo, ele não entendeu.

Procurando espantar esses pensamentos, perguntou se Tião não queria ir junto com ele. O irmão afirmou que iria esperar a mãe e as irmãs, como sempre fazia. Então João pegou seu cavalo e saiu.

No caminho, começou a pensar no irmão novamente. Adorava seu irmão. Pensou em como seria sua vida se ele não tivesse nascido: seria o único filho homem, não teria com quem conversar e nem brincar. Tião era alegre, gostava da vida, de dançar, conversar, contar piada. Era trabalhador, nunca fugia do serviço pesado da roça e, desde pequeno, ajudava a família no dia a dia.

E assim nem percebeu quando chegou à cidade. Dirigiu-se rapidamente até a igreja, pois a missa já estava começando. Igreja lotada e padre no altar. Resolveu ficar atrás, de pé, num canto. De lá, poderia observar todos que estavam na igreja. Procurou por Nandinha. Seus olhos percorriam cada metro quadrado da igreja, e estes brilharam quando a encontrou, sentada no meio dos familiares. João ficou mais calmo quando a encontrou. Não perdera a viagem.

Já que estava ali, resolveu prestar atenção na missa. Por sorte, naquele dia o padre estava inspirado. Fez um belo sermão, chamando seus fiéis para a importância da fé. João até se emocionou, e nem percebeu quando a missa acabou e as pessoas começaram a sair.

Procurou por Nandinha, mas aparentemente ela já tinha saído. Esforçou-se para sair o mais rápido possível. Chegou a empurrar algumas pessoas que ficaram conversando na porta da igreja, atrapalhando a saída. Vendo Nandinha parada no começo da escadaria, conversando com uma amiga, foi em sua direção. Quando ia se aproximando, Nandinha percebeu sua presença e olhou para ele com um lindo sorriso. Aquele sorriso era o estímulo final para ele. Apressando o passo, aproximou-se rapidamente.

— Bom-dia! – disse sorridente.
— Bom-dia! – respondeu Nandinha.
A outra moça nada respondeu.
— Estou atrapalhando alguma coisa? – perguntou João, percebendo a cara feia da outra moça.
— Claro que não! – disse Nandinha; estamos apenas conversando bobagens.
A outra a fuzilou com os olhos, depois a João, e saiu dando uma desculpa.
— Nossa, acho que atrapalhei mesmo.
— Que nada! Salvou-me, isso sim.

— Como?
— Ela estava fofocando, e detesto fofocas. Mas vamos, mudemos de assunto: o que faz aqui?
— Estava na missa.

Passou alguns segundos apenas olhando-a, com carinho, até quebrar o silêncio:
— Vamos passear na praça, ficar embaixo das árvores? Aqui está muito quente.
— Vamos. Mas não posso me demorar, pois meus pais me esperam na casa da minha prima.
— Está bem, prometo não te segurar muito tempo.
— Mas já faz dois meses que venho à missa nesse horário, e nunca reparei que estivesse nelas?
— E reparou bem. Nunca vim mesmo. Aliás, não sou chegado a missas.
— Mas devia, faz bem ao espírito rezar, sempre que possível.
— Mas eu rezo. Estou sempre agradecendo a Deus tudo o que acontece comigo.
— Isso é bom! Mas deve procurar confessar-se, de vez em quando.
— Nandinha, não quero ofendê-la, mas não acredito que o ato de se confessar a um padre nos liberte dos pecados. Meu pensamento é que devemos evitar os pecados, mas se os cometemos, é necessário pagar de outra maneira. Não sei como, mas simplesmente esquecê-los por que um padre nos perdoou, não sei não, acho injusto. E a pessoa que sofreu com o seu pecado, se for o caso, como é que fica?!
— É, João, nunca tinha pensado nisso. Acho que você tem razão. Vou pensar sobre esse assunto.
— Isso não quer dizer que eu não tenho fé em Deus. Hoje o padre falou muito bem!
— Achei o sermão dele muito lindo – disse Nandinha, sorridente.

— Lindo e verdadeiro. Acho que a fé se manifesta de diversas maneiras, assim como ele pregou hoje.
— Nossa, João, como você é inteligente!
— Obrigado, Nandinha, mas não sou. Só estudei até a quarta série primária. Aqui não tem ginásio, teria que ir estudar em outra cidade, mas meus pais precisam de mim aqui. Por isso parei de estudar. E você?
— Eu terminei o colegial e formei-me em magistério.
— Isso quer dizer que é professora?
— Sim.
— E pretende trabalhar aqui?
— No ano que vem, talvez eu lecione para uma turma na escola daqui. Vai depender da autorização do prefeito.
— Mas ele vai autorizar, nem que a gente dê um aperto nele.
— Agradeço a ajuda, mas meu pai está conversando com ele.
— Você é que é inteligente, isso sim.
— Não estou falando desse tipo de inteligência, e sim da inteligência natural, aquela que nasce com a gente.
— Ah!, bom – falou meio encabulado.
— João, nossa conversa está boa, mas preciso ir. Meus pais estão esperando, e não posso me atrasar. Foi muito bom passear com você. Até mais!

Cumprimentou João apertando-lhe as mãos, e foi embora, de vez em quando olhando para trás.

Ele ficou ali parado, como se estivesse hipnotizado. Ficou pensando em como ela era linda e inteligente, e parecia que gostava dele. Saindo do transe, quase deu um grito de alegria. Conteve-se, pois estava em praça pública, mas por dentro estava alegre como uma criança. Voltou até a igreja, para apanhar seu cavalo e retornar para casa.

Nandinha também estava feliz. Descobrira que João era inteligente e acreditava em Deus. Isso para ela era uma característica rara nos homens, e sentia-se feliz por ter conhecido um assim. Nem bem o deixara e já sentia saudades de sua companhia. Caminhava pensativa. Quando percebeu que estava muito atrasada, apertou o passo, pois não queria ver seu pai zangado, impondo-lhe um castigo.

Enquanto João observava, do seu canto na igreja, era vigiado do outro lado por alguém que o acompanhou durante todo o seu passeio na praça. Depois de terminado o passeio, a figura sinistra correu para junto dos seus amigos, para contar o que tinha visto.

— Pessoal, sabe o que eu acabo de ver lá na praça?
— O saci – exclamou um.
— A mula-sem-cabeça – disse outro.
— Não, uma coisa bem pior.
— O que você viu, santo Deus?
— O João conversando com a Nandinha, e parece que eles estão namorando.
— Não acredito nisso!
— É verdade, pareciam dois namorados, passeando pela praça, conversando.
— Eles estavam de mãos dadas?
— Não, mas...
— Então eles estavam somente conversando.
— Pode ser, mas eles estavam felizes. E, na hora de se despedir, a Nandinha deu um aperto de mão forte e longo, que deixou João nas nuvens.
— Sério? Isso aconteceu mesmo?
— Juro por Deus!
— Deixe o Helmut saber disso, ele vai morrer de raiva.

Então saíram correndo ao encontro do amigo, para lhe contar o acontecido. O rapaz ouviu tudo quieto. Conforme lhe falavam, seu rosto ia ficando vermelho. Não se sabia se de raiva ou ciúme. Quando terminaram, ficaram a observá-lo. Ele ficou pensativo por alguns instantes, e de repente falou:

— Precisamos dar uma lição nesse neguinho.
— Como assim? – perguntou um dos rapazes.
— Vamos dar uma surra nele – disse outro.
— Isso mesmo – disse Helmut.
— Não sei não. Ele sempre está acompanhado do Jeremias. Juntos eles são mais fortes que nós.
— Isso é verdade – falou Helmut. – Temos que bolar um plano perfeito, para que possamos pegá-lo sozinho e que ninguém nos veja.
— Ou que seja no meio de muita gente, e a bagunça encubra tudo – falou outro.
— É isso! – gritou Helmut. – Genaro, você é um gênio!
— O que foi que eu disse de tão extraordinário?
— Você falou a coisa certa: vamos pegá-lo quando tiver um aglomerado de pessoas. A gente provoca uma situação, depois uma briga, onde todos se envolvam. A gente procura acertar o João, alertando-o sobre o motivo de estar apanhando.
— Sim, mas qual é o motivo? – falou Genaro.
— Acorda, cara! Ele vai apanhar para se afastar da Nandinha. Como pode ser tão burro – falou outro.
— E qual será o motivo para começar a briga?
— Eu invento um na hora – disse Helmut.
— E quando a gente vai pôr em prática isso?
— Na semana que vem o padre vai fazer outro churrasco, para arrecadar fundos para o salão paroquial. Durante o baile a gente pega ele.
— É isso, durante o baile todos estão distraídos, e nem irão perceber o início da confusão.
— Está feito. No próximo baile a gente põe em prática nossa vingança. Isto merece uma comemoração. Vamos! Eu pago uma cerveja para todos.

Os rapazes acompanharam Helmut até o bar, onde festejaram.

Enquanto isso, João era só felicidade. Ficava a cantarolar pela casa, chamando a atenção de todos. Depois do almoço, deitou-se na rede, onde ficou sonhando acordado com sua amada, até que Tião veio conversar com ele.

— O que você tem, João?

— Nada!

— Como nada? Está a cantarolar o dia todo, parece que viu um passarinho verde.

— Não é nada disso! Só estou feliz, só isso.

— Já sei, essa felicidade toda é por que você viu a Nandinha, não é mesmo?

— Eu não só a vi, como conversei com ela.

— Como isso aconteceu?

— Por que deseja saber?

— Pura curiosidade. Os pais não iriam deixá-la conversando com você. Vamos, por caridade, me conte.

— Está certo, confio em você. Sei que não irá espalhar por aí esse assunto.

— Pode confiar em mim, sou um túmulo.

— Quando cheguei à igreja, a missa já estava começando, então procurei ficar lá no fundo, onde poderia ter uma visão geral de todos. Procurei por Nandinha e logo a localizei. Estava no meio dos seus pais. Na saída, por causa da confusão, perdi-a de vista, mas a achei logo depois, conversando com uma amiga. Caminhei em sua direção, meio receoso de que ela não me reconhecesse, mas ao me ver, ela sorriu para mim. Depois de uma conversa rápida, convidei-a para passearmos na praça. Ela aceitou, desde que fosse rápido, pois seus pais a esperavam na casa da tia. Mesmo sendo um passeio curto, conversamos bastante, e cheguei à conclusão de que, além de bonita, ela é muito inteligente.

— Fico contente com tudo isso. Talvez um dia você se case com ela.

— Não tenho tanta esperança que isto aconteça.

— Por que não? – perguntou Tião, curioso.

— Pelo simples fato de que os pais dela nunca permitirão que isso aconteça. Afinal, eu sou negro.

— Você se subestima muito, meu irmão. Deve ter mais amor-próprio e lutar pelos seus objetivos. Não deve se entregar só por que alguns fatos da vida não estão a favor. Você deve fazer com que eles se revertam para o seu lado. Só assim você irá crescer como pessoa e como espírito, e com isso atingir a tão sonhada felicidade ao lado da pessoa que ama.

— Quem te vê e quem te viu. Um pirralho me dando conselhos, era o que faltava!

— Mas eu falei alguma besteira? Se falei, me perdoe.

João ficou pasmo com as palavras do irmão mais novo. De uns tempos para cá, volta e meia dava conselhos para João, como se ele fosse o irmão caçula. Mas tudo que falava fazia o maior sentido. Parecia que o irmão mais novo era até mais experiente que ele.

Ficou assim pensativo por alguns instantes, até que Tião o tirou dos seus pensamentos.

— Acorde João. Acorde! Estava pensando em quê?

— No que você me disse, Tião. Você tem razão, vou lutar pelo amor de Nandinha.

— É assim que se fala. E tudo que eu puder fazer para ajudar, é só pedir. Estarei aqui para o que der e vier.

Os dois se abraçaram e João, sem saber o porquê, começou a chorar, dizendo em voz trêmula e quase inaudível:

— O que seria de mim sem você aqui, para me ajudar?

Tião, também sem saber o porquê, respondeu:

— Eu preciso mais de você do que você de mim.

Nandinha também estava diferente. A conversa com João a deixou feliz. Ele era inteligente e trabalhador, bem diferente do que seus pais falavam sobre os negros, que eram burros e preguiçosos. Por causa disso, estava disposta e cuidadosa com os afazeres domésticos. Sua mãe até estranhou tanta dedicação.

Depois dos afazeres diários, ela ficava trancada no quarto, onde procurava relatar tudo que acontecia na sua vida em um diário. Não tinha uma irmã para confidenciar sua vida, portanto seu confidente era o pequeno livro. Descrevia tudo nos mínimos detalhes, mas tomava cuidado para não revelar os nomes das pessoas envolvidas. Sabia que sua mãe a observava e, portanto, seu diário poderia cair em mãos erradas e lhe causar problemas. Substituía os nomes verdadeiros por fictícios.

Apesar de toda a admiração que tinha por João, não se sentia apaixonada por ele. Precisava de mais tempo e de provas de que ele sentia o mesmo por ela. No outro dia, suas amigas a visitaram. Sorridentes e alegres, confidenciaram a ansiedade para que chegasse logo o domingo.

— Não sabia que gostavam tanto de missa? – disse Nandinha.

— Não é da missa que estamos falando, e sim do sarau que vai acontecer domingo.

— Não sabia que iria ter sarau no domingo?

— É para arrecadar mais fundos para o salão paroquial.

— Você não estava na missa passada, quando o padre comunicou o fato? – perguntou uma delas.

— Acho que não prestei atenção na hora dos recados.

— Lógico, deveria estar prestando atenção em outra pessoa, não é mesmo.

— Como assim? Não entendi.

— Ora, não se faça de boba, que todas nós sabemos que anda interessada no João.

— Não é bem assim.
— E como é, então?
— Eu o acho inteligente e simpático.
— Inteligente! Isso é impossível – disse uma das moças.
— Por acaso você já conversou com ele, para dizer isso? – falou Nandinha, já nervosa.
— Não, nunca.
— E como sabe então que ele é burro?
— Todos eles são.
— Como vocês podem ser tão racistas e presunçosas. Só porque ele é negro, já o rotulam de burro.

As moças ficaram vermelhas de vergonha e, por alguns instantes, ficaram quietas. Mas depois voltaram ao normal, como se não tivessem falado besteira nenhuma.

— Se você for ao sarau, Nandinha, talvez encontre o João lá.
— Todos os rapazes da cidade estarão lá – disse outra.
— É, talvez eu apareça por lá, se meu pai deixar.
— Se quiser, falaremos com ele, e com certeza permitirá.
— Tudo bem, domingo depois da missa ele sempre está mais calmo, fica mais fácil convencê-lo.
— Está acertado, então. Domingo iremos juntas falar com seu pai.

No sábado pela manhã, Tião já fazia os preparativos para o domingo. Lavou as camisas dele e do irmão, para depois a mãe engomá-las. Engraxou as botas e lustrou os cintos. Queria que ele e o irmão ficassem bem alinhados. Ficou empenhado nessas tarefas o dia todo. Quando João voltou da roça, à tarde, já estava quase tudo pronto.

Na hora do jantar a mãe chamou a atenção de ambos para os perigos do sarau, junto aos brancos.

— Não precisa se preocupar, mãe. Só vamos lá para dançar. Não vamos para brigar com ninguém – disse Tião.

— Você vai para dançar, Tião. Eu vou para poder me encontrar com Nandinha e conversar com ela. Não tem perigo mãe.
— Vocês vão com esse pensamento, mas os rapazes brancos vão pensando assim?
— Mãe, o Jeremias vai com a gente, e eles morrem de medo dele – disse Tião.
— Não sei não, não gosto deste tipo de diversão.
— Não precisa se preocupar mãe, não vai acontecer nada – disse João.
— Assim espero. Não quero ver filho meu machucado.
— Ora mãe, isso não vai acontecer. As pessoas que participam destas festas são todos jovens pacíficos, que só querem se divertir – disse Tião.
— Deus o ouça, meu filho.

No domingo, Tião foi somente à missa das onze horas com sua mãe, já todo alinhado, pois almoçaria na cidade, ficando direto, sem retornar para casa até a hora do sarau. Ficaria durante esse tempo na casa de um amigo, conversando. João, por outro lado, preferiu ficar em casa, e só ir até a cidade pouco antes de iniciar o baile.

Helmut também levantou cedo. Arrumou-se e foi à casa de Haans. Chegando lá, a mãe do rapaz informou-lhe que o filho estava no quarto, e que ele poderia ir até lá. Helmut adentrou a casa, indo em direção ao quarto de Haans. Antes de entrar, pensou: "vou dar-lhe um tremendo susto". Abriu a porta e entrou gritando: "tá preso". O rapaz olhou-o com cara de terror. O quarto estava meio escuro, com as cortinas fechadas.

Helmut assustou-se com o medo do outro rapaz, e depois de alguns segundos, perguntou:
— O que você está fazendo?
Haans tentou esconder o que estava segurando embaixo do cobertor, e disse:

— Não estou fazendo nada!

— Como não, cara! O que é isso que você escondeu embaixo do cobertor?

— Já falei, não é nada.

— Para mim parecia uma arma.

Haans ficou vermelho. Baixou os olhos e, depois de um tempo, mostrou o objeto ao amigo. Para espanto de Helmut, era mesmo um revólver.

— Cara, o que faz com uma arma no quarto?

— É para a minha segurança e dos meus familiares.

— Mas isso é muito perigoso. Teu irmãozinho pode pegá-la e provocar um acidente.

— Isso não vai acontecer, eu guardo lá em cima do armário e ele não alcança.

— Não sei não, deixe eu ver se não dá mesmo.

Então Helmut puxou uma cadeira e, subindo nela, alcançou a parte superior do armário.

— Realmente é difícil ele alcançar aqui, mas você deve tomar cuidado e não deixar muito na beirada, pois daí ele alcançaria.

Nesse instante Helmut viu uma pequena caixa. Puxou-a para junto dele, pegou e desceu da cadeira, falando:

— Ora, ora, o que temos aqui?

O outro rapaz tentou impedir o amigo de pegar a caixa, mas não pôde fazer nada, por causa da resistência de Helmut que, curioso, começou a ler os papéis.

— Haans, são manifestos nazistas, braçadeiras com a suástica, fotos de Adolf Hitler. Meu Deus, como conseguiu tudo isso?

— Cara, eu conto, mas só se você prometer não contar para ninguém o que viu aqui.

— Como, cara, a turma tem que saber.

— Não, a turma não pode saber. Ninguém pode saber, pois eu posso ir preso. Entendeu?

— Certo, eu guardo segredo. Mas me conte como conseguiu isso.

— Eu tenho um tio de minha mãe que mora na Alemanha, é do partido nazista e me manda esses presentinhos. Em troca eu mando jornais e revistas brasileiras para ele.

— Cara! Esse seu tio está praticando espionagem com você.

— Como? Não entendi.

— Claro, as revistas e jornais que você manda para ele são usados para informar o que está acontecendo aqui.

— Será?

— Lógico, ele nunca disse por que gosta das revistas e jornais brasileiros?

— Numa carta ele comentou que gostaria de receber notícias brasileiras, para ficar conhecendo mais o nosso país e, quem sabe depois da guerra, vir morar aqui.

— Cara, você é louco mesmo! Esse tipo de troca de informações é crime. Você pode pegar vários anos de cadeia por isso.

— Então é por isso que alguns homens da polícia procuraram meu pai, dias atrás.

— Pessoal da polícia?

— É, eles disseram que a empresa de Correios, no seu relatório mensal, relatou que nós, nos últimos meses, tínhamos recebido e enviado muitas cartas para a Alemanha, e eles queriam saber o porquê.

— Rapaz! E o que seu pai disse?

— Ele falou que tinha uns parentes na Alemanha, e que todos nós estávamos preocupados com a guerra.

— E eles engoliram a desculpa?

— Aparentemente sim.

— E não voltaram mais?

— Não.

— Cara, você e sua família têm que tomar muito cuidado. A Europa está fervendo, e aqui as coisas vão piorar.
— Eu sei, por isso comprei esse revólver.
— Qual é o calibre?
— Trinta e oito. Não é lindo?
— Mas você não fica andando com ele por aí, né?
— Claro que não, somente quando vou até a cidade, escondo-o na cinta.
— Cara, isso é perigoso.
— Não é não, eu sei manusear e não vou usá-lo à toa.
— Tudo bem. Eu vim aqui para a gente dar os últimos retoques no plano.
— Que plano?
— Cara, não me diga que esqueceu?
— Acho que sim!
— Do corretivo no João.
— Ah! Lembrei.
— Então, está de pé o combinado?
— Claro, vamos fazer aquele negrinho chorar.
— E ele nunca mais vai se aproximar da Nandinha.

Os dois deram uma grande gargalhada, e passaram a relembrar os detalhes do plano, para que nada desse errado.

Enquanto isso, Nandinha acordava assustada. Tivera um pesadelo. Sua mãe, vendo-a nervosa, perguntou o que havia acontecido. Então ela relatou para a mãe:

— Eu vi uma pessoa muito querida chorando desesperadamente, enquanto segurava a mão de outra pessoa que se esvaía em sangue. Nós, em volta, olhávamos espantados. Eu, de repente, me vi na pessoa que estava ferida. Parecia que ia morrer, quando acordei.

— Credo, filha! Vire essa boca para lá.
— Foi um pesadelo mãe, não vai acontecer nada. Meu subconsciente que criou esse pesadelo.
— É, mas às vezes pode ser um aviso dos anjos. É bom se cuidar.

— Pode deixar, mãe, eu vou me cuidar.

Nesse instante chega à casa de Nandinha uma amiga sua, curiosa para ver o vestido que ela usaria no sarau. As duas foram para o quarto, onde a moça mostrou o traje novo que o pai trouxera de São Paulo para ela.

— Você vai usá-lo hoje no baile, não vai?
— Eu pensei em estreá-lo em outra oportunidade.
— Quando isso vai acontecer? Aqui as oportunidades são raras. Sarau como esse acontece poucas vezes no ano.
— É, você tem razão. Vou estreá-lo hoje, então.
— Isso! Você vai arrasar na festa.

Às dezesseis horas, pontualmente, começou a festa. Um pequeno conjunto começou a tocar no alto do palco. Nenhum casal tinha tido ainda coragem de iniciar a dança. Todos estavam sentados em suas mesas.

Pouco tempo depois, entrou a turma do Helmut. Sentaram-se em uma mesa, no fundo do salão e, no instante em que se acomodavam, João e sua pequena turma entrava. Como sempre, João e Jeremias estavam com o semblante sério, ao contrário de Tião, que já entrou todo sorridente e rodopiando. Ensaiava uns passos de dança. João procurou por Nandinha, mas não a encontrou. Foram em direção à mesa que eles haviam reservado, e sentaram-se.

João, meio triste, falou:

— Acho que ela não vem.
— Calma, ainda é cedo. Daqui a pouco ela aparece – falou Tião.
— De quem vocês estão falando? – perguntou Jeremias, com cara de bobo.
— Da Nandinha, Jeremias. O João está louco para vê--la – Tião brincou.
— E se ela estiver acompanhada, João? – falou Jeremias.
— Eu vou conversar com ela do mesmo jeito.
— E isso não pode dar confusão?

— Que nada, Jeremias, ela não tem compromisso com ninguém.
— Como você sabe?
— Ela me falou.
— Ah! Bom, assim é melhor.

Nesse instante, Tião avistou uma moça conhecida e que gostava de dançar, falando aos outros:

— Bom, enquanto vocês ficam conversando, vou tratar de me divertir. Acabo de avistar a Maria, e ela adora dançar, por isso vou convidá-la antes que outro o faça.

— Esse Tião continua o mesmo – falou Jeremias.

Enquanto isso, Nandinha entrava, reluzente, com as suas amigas. Logo que adentrou o salão, João a avistou, e arregalou os olhos de contentamento. Surpreso com a elegância da moça, ficou paralisado.

Jeremias falou:

— Rapaz! Se você não fosse meu amigo, eu seria um concorrente seu. Como essa moça é bonita! Olha, cara, tá todo mundo olhando para ela.

— Eu sei, Jeremias. Ela é linda, tanto por fora, como por dentro.

— Nunca vi as outras moças com tanto ar de inveja. Olha só! Você a conhece bem?

— Conversei algumas vezes com ela, mas parece que a conheço há muito, muito tempo.

— É, vai ver vocês nasceram um para o outro mesmo. Só que vai ser difícil você conseguir se aproximar dela, olha quanta gente em volta.

— Estou vendo. Vou esperar a hora certa, me aproximar e convidá-la para dançar.

— Xi, cara, acho que vai ser difícil. Olha quem está nos observando.

— Quem? Onde?

— Lá nos fundos, no canto esquerdo.

— Não é possível. O Helmut não larga do meu pé, mesmo.
— Aposto quanto for que ele vai criar confusão. Ainda mais que a Nandinha é o centro da festa.
— Não sei se ele vai armar confusão ou não, mas eu não vou desistir de conversar com ela.
— Tudo bem, na hora que você for, eu fico de olho nele. Qualquer atitude suspeita eu aviso.
— Certo. Obrigado, Jeremias.
— Não precisa agradecer. Os amigos são para isso mesmo! E depois, eu não sei dançar. O que vou ficar fazendo aqui?

João e Jeremias ficaram ali sentados, observando. Tião rodopiava com a Maria pelo salão. Nandinha continuava cercada por muitas moças e rapazes, e Helmut continuava com sua turma no fundo do salão.

Então o conjunto começou a tocar uma valsa. João sabia dançar esse tipo de música. Percebendo que chegara a hora, avisou ao Jeremias que ia até a mesa da Nandinha, para que ele ficasse alerta, no que foi atendido de imediato pelo amigo.

João aproximou-se e, sem olhar para os outros, foi em direção à moça, falando:
— A senhorita me daria o prazer desta dança?

Nandinha, que percebera a aproximação de João, pois de vez em quando olhava para ele em sua mesa, ficou ansiosa e nervosa com a situação. Os outros acompanhantes ficaram espantados e calados. A moça, num gesto rápido, levantou-se e respondeu:
— Com todo o prazer!

Estendeu a mão para o rapaz, e este a levou até a pista, onde começaram a dançar. Mal se afastaram e começaram os cochichos de reprovação. João, percebendo, comentou:

— Acho que a sua turma não gostou do meu atrevimento.
— Deixe-os para lá. É um bando de idiotas. Falemos de nós. Como você está?
— Eu estou bem, muito trabalho, mas o resto vai bem. E você?
— Eu também estou bem. Não comecei a trabalhar ainda, mas pretendo começar logo. E, quer saber de uma coisa?
— Claro!
— Eu estava com saudade de você.
— Verdade?
— Claro! Por que eu mentiria?
— Não estou dizendo que é mentira. Só que eu nunca ouvi isso de uma moça.
— Por que não? Só porque sou mulher, não posso sentir saudade?
— Não é isso que quis dizer...
— Eu sei o que você quis falar, só que eu sou assim, falo o que sinto. Não preciso e não gosto dessas convenções machistas, onde quem fala tudo primeiro é o homem.
— Você cada dia me surpreende mais. E eu estava morrendo de saudade também. Como você demorou a chegar. Pensei que não viria ao baile.
— Foi o meu pai. Ele me trouxe, só que o carro quebrou e nos atrasamos um pouco.
— É, só que para mim foi um tempo enorme.
Os dois continuaram a dançar e a conversar, cada vez mais animados. Do outro lado do salão, a reação foi imediata:
— Vocês estão vendo o que eu estou vendo? - falou Haans.
— É claro que estou. Esse neguinho passou das medidas. Eu vou arrebentá-lo - falou Helmut.

— Calma, amigo – falou outro. – Ele está dançando com a Nandinha. Se for lá agora, pode sobrar para ela, e você não quer que aconteça nada com a moça, não é mesmo?
— Está certo, vamos dar um tempo até que eles se separem. Daí pegamos o neguinho.
Jeremias, do outro lado, observava a turma do Helmut, e pressentiu a raiva do grupo. Ficou pensativo:
— Acho que dessa vez o padre não vai segurar as pontas e, para piorar a situação, a moça pelo jeito gosta do João. Isso vai irritar ainda mais o pessoal, trazendo mais gente para o lado deles. Nós somos apenas três. Devo avisar o João da nossa situação e aconselhá-lo a retirar o time de campo, porque se tudo que estou imaginando ocorrer, vamos perder essa briga.

Enquanto tudo isso acontecia, João e Nandinha dançavam felizes. Todos notavam a felicidade dos dois, e ficaram dançando por mais de uma hora, sem parar. Quando Jeremias observou que Helmut estava para estourar de raiva, foi até a beirada da pista tentar conversar com o amigo. Esperou que o casal passasse perto e os chamou, discretamente:

— João, o negócio está ficando preto. O pessoal do Helmut está muito nervoso com o tempo que vocês dois estão juntos. Acho que eles vão nos confrontar daqui a pouco.
— Calma, Jeremias. Acho que é só um arrombo de raiva dele.
— Acho que desta vez não é não, amigo. Ele conversa com todos da turma, como se estivesse organizando um ataque. Se ele estiver se organizando, nós vamos perder essa parada.
— Por que acha isso?
— Porque nós somos apenas três, e eles estão em seis.
— Não acredito, Jeremias. Você está com medo?
— Não sei não, cara. Acho que dessa vez a gente tinha

que tirar o time de campo, ou alguma tragédia vai acontecer. Nós estamos desorganizados e podemos ser pegos de surpresa.

— João, acho que o Jeremias tem razão. Vocês devem evitar esse confronto. A gente já se divertiu bastante, matamos a nossa saudade. Vamos evitar acontecimentos mais sérios.

Com as palavras de Nandinha, João percebeu que a situação era delicada, e concordou com Jeremias, dizendo:

— Está certo, Jeremias. Vamos embora. Vai chamar o Tião, enquanto eu levo a Nandinha para a mesa dela, e nos encontramos na saída.

Jeremias ficou feliz com a decisão do amigo, e saiu correndo à procura de Tião. João levou a moça até a mesa, perguntando:

— Quando vamos nos ver novamente?

— Aos domingos, depois da missa, podemos nos encontrar.

— Eu gostaria de pedir aos seus pais permissão para namorarmos.

— Sim, mas a maior interessada sou eu. Você tem que primeiro perguntar a mim se irei permitir tal ensejo.

— Me perdoe.

Os dois, já próximos da mesa, pararam um de frente para o outro. João pegou nas duas mãos da moça, e falou em tom firme:

— Senhorita Fernanda, você aceita, a partir de hoje, ser a minha namorada?

Nandinha ficou emocionada e, olhando nos olhos do rapaz, respondeu:

— Sim, aceito!

Os dois ficaram se olhando por algum tempo. Como o rapaz não se decidia, a moça o puxou e, abraçando-o, beijou-o na boca. Os acompanhantes da moça soltaram um efusivo "oh, meu Deus!".

Helmut, que acompanhava tudo, quase desmaiou de raiva. Seus olhos brilharam e, sem perceber, soltou um berro e saiu em direção ao casal.

Próximo dali, Jeremias conversava com Tião e, vendo a reação do rapaz, falou:

— Esqueça o que eu te disse, Tião. Acho que agora é tarde. Vamos, temos que proteger o seu irmão.

Quando o casal estava terminando o beijo, João foi atingido violentamente pelas costas, sendo jogado a alguns metros de distância. Enquanto o rapaz rolava, Helmut olhava para Nandinha, que, horrorizada pelo gesto bruto do outro, soltou um grito e colocou as mãos no rosto.

Helmut mandou que ela se afastasse. O conjunto parou de tocar, e os dançarinos se afastaram. Jeremias e Tião ajudaram João a se levantar. O padre tentou intervir, mas foi expulso por Helmut.

— Não se meta nisso, padre. Vou dar uma lição nesse neguinho, para ele aprender a nunca mais se meter com as nossas garotas.

João, já de pé, retrucou:

— Não sabia que você era dono das moças da cidade.

— Olhe aqui, neguinho, não se faça de bobo. Você sabe bem do que eu estou falando.

— Eu sei que você está é com inveja de a Nandinha e eu estarmos namorando, isso sim?

— Agora você passou dos limites, neguinho abusado. Vou lhe dar uma surra que você nunca mais vai esquecer.

Falando assim partiu para cima de João que, preparado, escapou do ataque de Helmut e deu um contragolpe, acertando o nariz do rapaz, que explodiu em sangue. Helmut, surpreso, passou a mão no rosto. Assustando-se com o sangue, ficou meio tonto. João voltou ao ataque, acertando-lhe diversos golpes em todo o seu corpo. Helmut caiu desmaiado. Os outros rapazes, surpresos com o desfecho, ficaram assustados, mas atiçados por Haans, atacaram João, que foi ajudado por Jeremias e Tião.

João lutava com um rapaz franzino. Tião, com outro mais encorpado, enquanto Jeremias enfrentava três ao mesmo tempo. João derrotou o seu oponente rapidamente, colocando-o no chão, desmaiado, e partiu para cima de um que atacava Jeremias. Tião ainda enfrentava o mesmo, sem sinal de vantagem para nenhum dos dois. Os dois apenas rolavam pelo chão, numa briga esquisita. Jeremias nocauteou um, partindo para cima do outro que restava, não demorando muito para derrotá-lo.

O salão estava quase vazio. As moças saíram correndo. Somente Nandinha ficou num canto, chorando. Alguns rapazes ajudavam as moças a saírem. Mesas e cadeiras estavam quebradas. Haans, que enfrentava João, estava muito machucado. Foi quando levou um soco fortíssimo de João, que o jogou longe. Acreditando ter acabado com o oponente, João ficou parado no meio do salão, tentando restabelecer o fôlego. De repente, viu que Haans levantou a camisa, sacou um revólver e apontou para João, que, assustado, tentou falar alguma coisa.

Haans disparou três vezes. João jogou-se no chão, escapando dos tiros. Do outro lado estavam Tião e outro rapaz se engalfinhando. Os tiros os acertaram e os dois caíram. Jeremias, que estava próximo de Haans, deu-lhe um chute no rosto, fazendo o rapaz desmaiar. Depois, correu em direção ao corpo de Tião.

João levantava-se lentamente, como que pressentindo o que acontecera. Jeremias se aproximou de Tião e percebeu que o rapaz estava muito ferido. Dois tiros o haviam acertado, um na altura do pulmão e outro na altura dos rins. Um tiro acertou o outro rapaz na coxa. Jeremias gritou por ajuda. Nandinha, nesse momento, aproximou-se dos dois, e depois de verificar a gravidade dos ferimentos, saiu correndo para chamar o médico da cidade.

Tião gemia de dor. Só então João se aproximou do irmão. Segurou-o nos braços e falou:
— Aguenta firme, Tião. A Nandinha foi chamar o doutor.
Tião segurou firme as mãos do irmão, e falou:
— Acho que não vai adiantar nada, irmão. Estou mal.
— Que nada, os ferimentos foram superficiais. Aguenta firme, que assim que chegar a ambulância, você vai para o hospital e vai ficar bom.
Tião tossiu, soltando sangue pela boca. Nesse instante, Nandinha aproximou-se.
— João, a ambulância com o doutor já está a caminho.
João e Nandinha ficaram ali segurando a mão de Tião, tentando confortá-lo.
Nesse instante, Helmut recobrou os sentidos e, ainda meio tonto, viu que todos estavam em volta de Tião. Olhando para o lado, viu Haans desmaiado, com o revólver na mão. Percebeu que o amigo havia feito uma loucura, e procurou sair dali sorrateiramente.
Nesse instante Tião sentiu um calafrio. João e Nandinha seguraram bem firme o seu corpo. Quase completamente sem força, Tião, com muito esforço, falou:
— João, eu estou mal. Não estou sentindo nada da barriga para baixo, e estou ficando meio tonto.
— Procure ficar acordado, Tião. A ambulância já está chegando, e vai levá-lo para o hospital.
— João, antes de partir, eu quero lhe dizer uma coisa.
— Tião, procure não falar. Economize energia!
— Não vai adiantar, João. Chegou a minha hora. Meus amigos já estão aqui do nosso lado, só esperando para me ajudar.
— É claro que estamos aqui, Tião, não vamos abandoná-lo.
— Eu estou vendo eles. Como brilham; têm rostos tão simpáticos, parecem médicos.

João e Nandinha perceberam que ele não estava falando deles, mas de outras pessoas. Tião estava entrando em choque, e João começou a ficar desesperado.

— Onde está essa maldita ambulância, que não chega nunca?

— Calma, João, o Zé foi correndo chamar o seu Ademir da ambulância.

— Meu Deus, meu irmão não vai aguentar. Ele vai morrer se eles demorarem muito. Nisso, Tião tossiu, soltando mais sangue pela boca e, com muito sacrifício, falou:

— João, estou partindo e, conforme prometi, procurei ajudar na busca do seu caminho. Daqui para frente, amigo, é por sua conta. Espero que você não caia de novo na armadilha do destino, e reaja contra a melancolia que vai se apoderar do seu coração. Lute pela sua felicidade e pelo seu amor. Não cultive a raiva, nem a vingança, pois elas atrasam nossa evolução. Seja alegre com a vida, pois ela é a nossa escola espiritual. Fique em paz!

Falando assim, Tião soltou um suspiro e morreu. João não aguentou, e soltou um grito de dor e angústia.

— Tião, meu amigo, não me deixe aqui sozinho. Não sei se vou aguentar sem você. Por favor, não vá.

Nandinha abraçou João com carinho. Ele chorava angustiado, e a moça não falou nada, apenas começou a chorar copiosamente. Jeremias ajoelhou-se junto deles, abraçou a todos e, junto, chorou. Os três ficaram assim durante um bom tempo.

Quando a ambulância chegou, Jeremias se afastou e disse que Tião já estava morto. O médico, contudo, queria certificar-se, e afastou todos para verificar. Após um exame rápido, deu seu parecer:

— Infelizmente, o rapaz está morto mesmo. Ajudem o outro e o levem para a ambulância.

João, inconsolável, abraçou Nandinha. Nesse instante,

O delegado aproximou-se com dois policiais, procurando se inteirar dos fatos. Jeremias relatou rapidamente o que tinha ocorrido. Então os dois policiais foram até onde Haans se encontrava inconsciente, recolheram a arma do crime e o acordaram, jogando um balde de água no jovem. Após acordar, Haans recebeu voz de prisão e foi levado para a delegacia.

Os pais de João só ficaram sabendo da tragédia quando viram o cortejo chegando. A mãe quase teve um ataque do coração. O pai entrou em estado de choque. João, por incrível que pareça, estava bem, sendo o tempo todo consolado por Nandinha.

No dia seguinte, Tião foi enterrado no cemitério da cidade. Participaram do cortejo apenas os amigos íntimos e a família de Nandinha, chocada com a tragédia que teve como pivô a sua caçulinha. Eles nunca pensaram que a queridinha da família um dia pudesse se envolver em um fato tão triste.

João ficou algum tempo inconsolável com o ocorrido. Lamentava-se a todo instante, dizendo que era por culpa dele que o irmão morrera de forma tão bruta. Mas com o tempo, e com ajuda de Nandinha, voltou a trabalhar na roça e retomou a sua vida normal.

O delegado instaurou um inquérito policial. Diversas pessoas foram intimadas a depor. Os primeiros foram Nandinha, João e Jeremias. Depois foram os rapazes da turma de Helmut, que confirmaram o que os primeiros declararam, complementando que Helmut planejou a briga com bastante antecedência. Helmut, quando depôs, acabou confirmando tudo, mas alegou que não sabia que Haans tinha uma arma na cintura e que não planejara o assassinato. O delegado chegou à conclusão que Helmut não tivera culpa, indiciando apenas Haans pelo crime.

Haans ficou preso, acusado de homicídio doloso, por

ter premeditado o crime, e também por espionagem, pois depois de uma investigação na casa do jovem, a polícia descobriu os papéis nazistas que ele guardava.

Alguns dias depois, sendo liberada pela polícia, a família de Helmut mudou-se para o interior do Rio Grande do Sul. Helmut só voltaria para Ribeirão das Pedras seis meses depois, para depor no julgamento de Haans.

O julgamento de Haans aconteceu no fórum da cidade vizinha a Ribeirão. Durou três dias e comoveu a todos. Acreditava-se que o rapaz, por influência política, seria absolvido, já que o júri era composto totalmente por pessoas brancas. Mas foi justamente o contrário: Haans foi condenado por unanimidade, a vinte anos de prisão pelo assassinato e mais um ano pelo crime de espionagem, que foi convertido em multa.

João achou pouco os vinte anos que Haans pegou. Nandinha, ao seu lado, implorava para que ele perdoasse o rapaz. Chegou a relembrar o que Tião falou, um pouco antes de morrer: que ele não podia guardar rancor, porque isso faria mal à sua alma. João, de tanto ouvir Nandinha falar sobre isso, começou a esquecer o que sentia pelos rapazes.

O que não sabia é que o destino iria impor-lhe mais uma prova, a fim de testar se seus sentimentos eram verdadeiros ou apenas estavam camuflados. Se por esse teste João passasse sem recaídas, teria atingido seus objetivos e estaria livre para avançar em sua evolução.

Tudo começou com a entrada do Brasil na guerra. João foi convocado para o treinamento militar, juntamente com Jeremias e mais três jovens brancos da cidade. No início, foi um choque para todos, pois cinco jovens conhecidos e respeitados da cidade teriam um destino terrível pela frente. A tristeza tomou conta de todos.

Nandinha estava inconsolável. Seu pai permitira o namoro com João, e eles tinham planos de se casar no final do ano. Agora teriam que adiar tudo e, quem sabe, nem realizariam esse sonho.

No começo, João não queria ir. Sentiu medo de morrer e perder Nandinha para sempre. Mas seu pai o chamou à razão, mostrando que o valor de um homem se mede pelo que ele faz, e não pelos sonhos que tem. Se o sonho de João era casar com Nandinha, ele tinha que fazer algo que gerasse nela mais admiração do que ela já tinha, enfrentando o que o destino lhe impunha. Isso mostraria a ela que nada, no futuro, destruiria o que eles teriam juntos. Com essas palavras, João aceitou seu destino e prometeu lutar com afinco e disciplina, para retornar vivo, podendo casar-se com Nandinha e ser feliz.

Um mês depois, os jovens partiam para o centro de treinamento no Rio de Janeiro, onde ficariam por dois meses, antes da viagem para a Itália.

Durante o período de treinamento, João destacou-se dos outros soldados. Adorava os exercícios físicos, participava efetivamente dos treinamentos de combate e era o melhor atirador do regimento. Tanta dedicação e competência lhe valeram, logo após o término do curso, a promoção a cabo. João escrevia semanalmente para Nandinha, e esta retransmitia tudo para os pais de João, pois eles eram analfabetos.

No dia do embarque para a Itália, seus pais o aguardavam no cais do porto, ansiosos. Assim que desembarcaram do caminhão, João procurou por eles e, quando os avistou, correu ao encontro. Foi um momento triste: a mãe de João chorava e soluçava, o pai tentava manter-se firme, mas seus olhos estavam umedecidos e tristes.

João, percebendo a angústia dos pais, tentou acalmá-los:

— Não precisa chorar, mãe. Eu vou voltar. Estou bem treinado.

— Nós sabemos disso, filho. Sua mãe que é muito chorona.

— Não fale assim, pai. Eu entendo o que a mamãe está sentindo.

Falando assim, João olhou para os lados, para ver se via mais alguém conhecido, mas não encontrou ninguém.

— Não adianta procurar, João. Ela não vem. O pai dela não deixou.

— Ela já tinha me dito, pelas cartas, que talvez isso acontecesse. Seu pai acha muito triste essa situação, mas ela tinha esperança que ele mudasse de ideia.

— Nandinha bem que tentou, filho, mas o pai alegou ser uma viagem muito cansativa apenas para uma despedida, e não a trouxe.

— Tudo bem. Assim guardarei na memória apenas aquele rosto lindo, sorrindo como um anjo, e não um triste e choroso.

João despediu-se dos pais com um longo abraço e vários beijos, e depois subiu a rampa do navio.

Lá dentro era muito apertado. Em cada compartimento havia diversos beliches. Os soldados colocavam os sacos com seus pertences pendurados do lado da cama. A viagem foi longa, cansativa e angustiante, devido ao temor de ataque pelos submarinos alemães. Todos os dias os oficiais faziam seções de treinamento físico no convés do navio. Esses exercícios eram muito bons, pois relaxavam os soldados.

Quando chegaram à Itália, o primeiro regimento de infantaria, ao qual João pertencia, foi deslocado imediatamente para o *front* de guerra.

João fazia parte do terceiro pelotão do primeiro regimento, e seu comandante direto era o sargento Melo. As incursões eram lentas, e os fracassos das primeiras tentativas de tomar Monte Castelo caíram como uma ducha fria no ânimo dos soldados. A chegada do inverno e a falta de costume ao frio intenso abaixaram ainda mais o moral das tropas. João mantinha-se sereno. O barulho das explosões não o assustava. Andava com desenvoltura pelo campo enlameado e esburacado, todo marcado com bandeirinhas que indicavam onde estavam as minas terrestres. Seu pelotão era considerado pelos oficiais como o mais disciplinado e competente, por isso era convocado para as missões de patrulha mais difíceis. Os soldados precisavam de muito preparo físico, pois os trajetos cheios de lama e pedras soltas dificultavam a caminhada.

Em uma destas patrulhas, o terceiro pelotão foi surpreendido por uma patrulha alemã. O combate foi intenso. Houve duas baixas alemãs e uma brasileira. O sargento Melo foi atingido e morreu quando João tentava socorrê-lo. As duas patrulhas recuaram e não houve vencedor.

Com a morte do sargento Melo, João foi promovido a sargento, passando a comandar o terceiro pelotão. Todos os soldados o respeitavam e admiravam a sua coragem. Durante semanas, as atividades se restringiam a patrulhas e exercícios físicos. João comentava com seus soldados que já estava enjoando da guerra. Ele escrevia semanalmente para Nandinha, mas recebeu apenas três respostas da amada. Descobriu depois que o problema era na distribuição, na Itália. As outras estavam em algum lugar, e um dia ele as receberia.

Após quase três meses de guerra modorrenta, as coisas começaram a esquentar. João participou do ataque final a Monte Castelo, quando finalmente conseguiram conquistá-lo. No momento da partida para a conquista de Castelnuovo, João teve uma notícia inusitada: devido ao grande número de prisioneiros alemães, o coronel Silva, comandante do primeiro regimento, solicitou ao comando central um intérprete, para que conseguisse se comunicar com os prisioneiros. O quartel general enviou um jovem brasileiro, descendente de alemães, para ser o intérprete. Quando João soube o nome do soldado, levou um susto: ele se chamava Helmut.

— Não pode ser o Helmut que conheço – comentou com seus soldados.

— O senhor conhece um Helmut do Brasil? – perguntou um soldado.

— Sim, morávamos na mesma cidade, no interior de São Paulo.

— Mas por que o susto? – perguntou outro.

— Porque ele e eu vivíamos brigando. Uma vez dei uma surra nele, no baile em que meu irmão caçula foi assassinado.

— Então é esse o canalha que matou o seu irmão, sargento?

— Não. Quem matou o Tião foi outro, mas era da turma comandada pelo Helmut.

— Eu soube que esse tedesco de meia-tigela chega amanhã – falou um jovem soldado.

— Tem certeza, Miranda? – perguntou João.

— Tenho! O Zeca, ajudante de ordem do coronel, contou ontem, no jantar.

— Tenho que ver se é ele mesmo. Como poderemos fazer isso?

— É simples. Ele vai ficar alojado na casa central, junto aos outros ajudantes dos oficiais. À noite a gente faz uma visitinha para ele – falou Miranda.

— Vamos fazer isso – respondeu João.

João esperou ansioso pela chegada do novo soldado e, à noite, foi junto com o soldado Miranda ao alojamento dos oficiais, para se certificar se realmente o novo soldado era quem ele estava pensando. O soldado estava dei-

tado em sua cama. João, sorrateiramente, da porta, procurou identificar o jovem deitado. Levou o maior susto quando percebeu que o rapaz era mesmo o Helmut que conhecia.
— Meu Deus! É ele mesmo – disse assustado.
— Como esse mundo é pequeno, hein! – comentou Miranda.
— É mesmo – falou João, baixinho.
— E o que o senhor vai fazer?
— Nada. Vamos embora – disse João.
— O senhor não quer dar um susto nele? – perguntou o soldado.
— Não. Deixemos ele em paz. Se o conheço bem, a guerra já o está assustando bastante.
— Por que fala isso? Ele é tão covarde assim?
— Tanto, que nunca fazia nada sozinho.
— Coitado desse. Aqui ele vai comer o pão que o diabo amassou.

No dia seguinte, o coronel pediu que João conduzisse alguns oficiais nazistas capturados até o comando, a fim de serem feitos os interrogatórios. João não esperava tal incumbência. Agora ficaria frente a frente com Helmut. Cumpriu a ordem, levando dois oficiais nazistas para a sala de interrogatório. Acompanhado do soldado Miranda, viu Helmut sentado em uma cadeira, no canto da sala. Ele reconheceu de imediato João e, numa reação de susto, levantou-se bruscamente. O coronel e o soldado se assustaram com a reação de Helmut.
— O que foi, soldado? – perguntou o coronel.

Helmut não respondeu, mas João interveio, respondendo:
— Acontece, coronel, que ele deve ter se assustado com a minha presença. Afinal, já faz algum tempo que não nos víamos.

— Quer dizer que você conhece este soldado, sargento? – perguntou o coronel.

– Sim, senhor! Moramos na mesma cidade, no interior de São Paulo.

— Como esse mundo é pequeno, não é mesmo? Do interior de São Paulo para o interior da Itália – disse o coronel.

Todos deram risada, e começaram o interrogatório. Helmut parecia aliviado pelo fato de o sargento não contar sobre o passado dos dois ao coronel, mas desviava o olhar, quando João o encarava.

O ritmo da guerra aumentara. João e seus soldados quase não tinham descanso. No ataque final a Castelnuovo, o pelotão de João teve muitas baixas: quatro soldados ficaram gravemente feridos e dois morreram. Isso abalou muito o sargento, que sentia-se culpado pelas baixas. A depressão de João foi tão grande, que o comandante do regimento encaminhou o rapaz para tratamento psicológico, no hospital de campanha.

João permaneceu internado durante dias, à base de medicamentos psiquiátricos, mas a depressão não melhorava. No vigésimo dia de tratamento, os médicos chegaram à conclusão de que João não teria mais condições físicas e mentais de continuar na guerra. Iam pedir o seu afastamento, porém a enfermeira que cuidava dele pediu mais um dia, para que ela tentasse uma última conversa, a fim de pedir-lhe que reagisse contra a doença. Os médicos, apesar de incrédulos, aceitaram o pedido da enfermeira, cancelaram a medicação e deram mais vinte e quatro horas para uma última tentativa. A enfermeira planejou para o dia seguinte a sua derradeira tentativa.

Naquela noite, João estava mais calmo, e rapidamente adormeceu. Foi então que seus amigos espirituais se aproximaram para conversar com ele. A princípio, tiveram bastante trabalho para que João percebesse suas presenças. A comitiva era chefiada por Tiago, e tinha ainda Alberto, Benedito, Carlos e Laura. Alberto e Benedito aplicaram-lhe passes magnéticos, para restabelecer seu equilíbrio perispiritual. Toda a medicação que havia tomado deixara seu perispírito bastante desorganizado e, para complicar, seu estado depressivo aumentava esse desequilíbrio.

Tiago, através de passes energéticos, tentou acordar o amigo. Conforme os passes magnéticos de Alberto e Benedito o equilibravam, o rapaz foi acordando. Pouco tempo depois, João se viu rodeado de uma leve neblina. Levantou-se e saiu do corpo, volitando suavemente. Olhou ao redor e viu aquelas cinco pessoas a sorrir-lhe bondosamente. Depois olhou para si mesmo e não acreditou: quando passou a mão pelo corpo, ele se desfez, e voltou ao normal rapidamente, como um bloco de fumaça.

Um pensamento passou pela sua cabeça:

— Meu Deus! Eu morri.

Então Tiago chegou mais perto e falou:

— Você não morreu, meu amigo.

João olhou mais atentamente para Tiago, e reconheceu-o como seu irmão. Alegre, tentou abraçá-lo, falando:

— Tião, que alegria em vê-lo. Deixe eu lhe dar um abraço.

Depois do longo abraço, João ficou mais calmo e falou:

— Mas, se eu não estou morto e você está, como estamos nos encontrando?

— Você está temporariamente fora do seu corpo. Meus amigos e eu, que também são seus e o amam muito, queremos conversar um pouco com você. Podemos?

— Conversar sobre o quê?

— Sobre a sua doença.

— Vocês podem me curar?

— Depende de você, meu irmão.
— Como assim? Não entendo como posso ajudar.
— João, sua melhora só depende de você mesmo. Em outras ocasiões você se deixou vencer pela depressão, e fatos muito ruins aconteceram em função disso. Antes de iniciarmos essa jornada atual, eu prometi que iria fazer de tudo para que vencesse esse problema de forma definitiva. Fiz o que pude enquanto estivemos juntos. Você aguentou firme a nossa separação, e acreditei que tivesse vencido o problema. Mas Deus, que tudo sabe, reservou-lhe ainda mais alguns testes para provar que está livre dessa dificuldade. Infelizmente você não aguentou e cedeu. No entanto, Deus, em Sua bondade infinita, permitiu que viéssemos ajudá-lo, não fazendo por você, mas mostrando-lhe o caminho para que conclua sua missão com êxito.
— Como assim?
— João, seja forte! Tudo o que aconteceu aos seus soldados não foi culpa sua. Entenda que muita coisa foi definida antes deles nascerem. A vida e a morte das pessoas segue um roteiro que não pode ser mudado. Após terminarmos as nossas provas e sermos "aprovados no exame final", deixamos a Terra e voltamos ao mundo dos espíritos, aonde iremos continuar o estudo da evolução. Portanto, ficar deprimido por causa de fatos tão naturais não irá ajudar em nada. Pelo contrário: só irá prejudicar a você mesmo, porque os outros já cumpriram o seu destino. Então, levante a cabeça e enfrente seus problemas, pois o que acontece de ruim é para nos ensinar e propiciar o nosso crescimento.
— Agora entendo tudo. Procurarei fazer o que me pedem.
— Estamos ansiosos por isso, meu irmão. Oraremos muito a Deus, para que consiga vencer e conquiste a sua evolução. Fique em paz!

Falando assim, Tiago aplicou-lhe passes magnéticos reconfortantes, e o encaminhou de volta ao corpo, que repousava tranquilamente.

No dia seguinte, João foi acordado bondosamente pela enfermeira Maria.

— Bom dia, sargento! Vejo que dormiu muito bem.

— Dormi como um bebê. Sonhei com anjos que vieram conversar comigo.

— É mesmo? E como eles são?

— Aparentemente, são pessoas normais, mas têm um brilho intenso e falam coisas tão bonitas, que fazem a gente pensar.

— E o que eles falaram?

— Falaram que eu devia reagir e lutar contra a depressão.

— É mesmo? E o que você vai fazer?

— Vou levantar dessa cama e voltar para o meu pelotão.

— Você está se sentindo bem?

— Nunca estive melhor, Maria!

— Estou vendo que está bem disposto, mas não posso permitir que saia. Vou comunicar o fato ao oficial médico, e vamos ver o que ele diz, está certo?

— Tudo bem! Fale que já estou curado e quero voltar ao meu pelotão.

A enfermeira não acreditava na melhora súbita do sargento. Correu para dar a notícia ao doutor Fagundes, chefe do serviço médico. Ele ficou desconfiado, e ordenou que o paciente ficasse mais um ou dois dias em observação. Caso apresentasse melhora real, poderia ser dada a sua alta.

Durante esses dois dias, João surpreendeu a todos com sua disposição e melhora. Comentava que não via a hora de voltar ao trabalho. A guerra estava em pausa, e o ataque final ao último monte da defesa alemã estava para acontecer.

Obtendo alta do hospital, João retornou para o seu regimento, sendo recebido pelo comandante:
— Estávamos ficando preocupados com você, sargento – falou o comandante do regimento.
— Agora estou muito bem, senhor.
— Está mesmo? Estamos prestes a atacar Montese, e vamos precisar de todos os homens em condições.
— Pode contar comigo, coronel. Estou em perfeitas condições.
— Sargento, em função das baixas, ordenei um reenquadramento de homens, e o seu pelotão está novamente completo.
— Obrigado, senhor. E quem são os novos soldados?
— Todos já faziam parte do regimento e estavam em serviços burocráticos. Portanto, devem receber um treinamento puxado antes do combate. Um deles você conhece bem: é o rapaz da sua cidade. Achei que ficaria feliz em tê-lo no seu pelotão.
João lembrou-se de Helmut e fez cara de reprovação. O coronel percebeu e retrucou:
— O que foi, sargento? Não gostou da minha ideia?
— Para falar a verdade, senhor, não gostei.
— Como assim? Não entendi!
— Acontece, senhor, que nunca me dei bem com o Helmut. Encrencas de rapazes, sabe como é...
— Bem, sargento, agora você vai ter que se entender com ele.
— Pode deixar, senhor. Vou fazer isso.
Por essa João não esperava. Além de suportar aquela guerra idiota, teria que suportar o Helmut também. E o pior: ele não tinha treinamento de combate, e teria que ensinar aquele inútil em tão pouco tempo.
O sargento passou a última semana antes do ataque a Montese dando treinamento aos novos soldados. Não esta-

vam como os outros, mas podiam executar a tarefa.

A batalha foi difícil. Aconteceram muitas baixas do lado brasileiro. A lama e as dificuldades do terreno provocavam enorme desgaste físico e emocional a todos. O pelotão de João avançava facilmente, quando foi atacado ferozmente. Todos procuraram abrigo, menos Helmut, que foi ferido na perna direita e ficou deitado bem no campo de tiro. Os projéteis das metralhadoras alemãs passavam a poucos centímetros da cabeça de todos, e Helmut não era atingido por milagre.

João ficou desesperado com a situação crítica do pelotão. Não podia deixar Helmut ser morto na frente dos outros soldados. Tinha que tentar salvá-lo. Mas não sabia como, já que os alemães não paravam um segundo com o ataque. Gritou para Helmut não se mexer. Assim que pudessem, iriam salvá-lo. Helmut, desesperado, nem piscava. Quando os alemães pararam o ataque para recarregar as metralhadoras, João saiu correndo de onde estava, até alcançar Helmut. Colocou-o nas costas e retornou para o abrigo. Quando estava quase chegando, os alemães recomeçaram o ataque, mas, caminhando em zigue-zague, conseguiu escapar dos tiros e salvar Helmut. O rapaz foi medicado, enquanto João pedia apoio da artilharia pelo rádio.

As bombas da artilharia brasileira acertaram o ninho de metralhadoras alemãs, acabando com eles. O pelotão de João seguiu em frente, e Helmut retornou para o acampamento, a fim de receber tratamento no hospital de campanha.

Apesar das grandes baixas, os brasileiros tomaram Montese. Ao saber do ato de heroísmo de João, o comandante do regimento solicitou a medalha de bravura ao sargento.

Dois dias depois da batalha, João foi visitar Helmut no hospital.

— Então, Helmut, como está?

— Graças a você, estou bem.
— Não agradeça a mim, e sim a Deus, que fez com que os alemães não o atingissem mais.
— João, gostaria de lhe pedir desculpas por tudo que fiz de errado no passado.
— Não precisa pedir nada, Helmut.
— Preciso sim. Você sempre foi um cara legal, e eu tinha inveja, por isso o perseguia. O que aconteceu naquele dia com o seu irmão não foi culpa minha, eu não tinha planejado daquela maneira. Eu sabia que o Haans tinha uma arma guardada em casa, mas nunca pensei que ele fosse levá-la naquele dia, e muito menos que ele tivesse coragem de usá-la.
— Eu sei que você não teve culpa desse fato. Mas, que você planejou aquela briga, você planejou.
— Sim, eu planejei a briga, mas era só para lhe dar um susto, nada mais que isso. Não imaginava que vocês conseguiriam bater em nós e, por causa disso, acontecer aquela tragédia. Eu não queria mortes, só um susto.
— Agora eu entendo, Helmut. Deus escreve certo por linhas tortas, e eu também aprendi muito com essa história.
— Obrigado, João. Eu nunca vou esquecer o que fez por mim.
— Amigos, então? – falou João, rindo.
Os dois se abraçaram, e João saiu dali com uma sensação estranha de leveza e de missão cumprida.
Uma semana depois, recebeu a medalha por ato de bravura e, como prêmio maior, a notícia de que retornaria para casa.
Quando estava arrumando a bagagem, um soldado entrou no alojamento, trazendo um embrulho com dezenas de cartas de Nandinha, que estavam extraviadas. O pessoal da intendência recuperara tudo. João as leu muito emocionado, e não via a hora de poder abraçar a todos que amava.

Quinze dias depois desembarcou no porto do Rio de Janeiro. No cais do porto, seus pais o esperavam. João sai correndo em direção à família. A sucessão de abraços e beijos parecia interminável, até que a mãe de João falou:
— Olhe ali atrás, João.

João levantou o rosto e viu Nandinha parada, olhando-o com os olhos cheios de lágrimas. Ele saiu lentamente em direção à moça, e ela também em direção a ele. Os dois se encontraram num longo beijo.
— Que saudade, minha querida!
— Eu que o diga! – respondeu Nandinha, afogada em lágrimas.
— Agora tudo acabou, e vamos finalmente ficar juntos!

João abraçou a todos e saíram em direção ao portão.

Dali para frente, João seguiu calmamente a sua vida, intimamente feliz por ter passado nos testes que ele mesmo escolhera. Vencida esta etapa de sua existência, sabia agora que estava apto a prosseguir a sua evolução.

Sem que ele pudesse ver, seus amigos acompanhavam tudo de perto, auxiliando e protegendo.

Fim

Conheça também os livros

Para falar com Deus
José Lázaro Boberg | 14x21 cm • 176 pp.

Reflexões sobre o texto "Calma", do espírito Emmanuel, psicografado pelo médium Chico Xavier e publicado no livro *Palavras de vida eterna*. São sugestões suaves e consoladoras, que trazem calma ao coração aflito e conscientização de que, mesmo diante das difíceis situações, nunca estamos sozinhos

Um olhar sobre a honestidade
Donizete Pinheiro | 14x21 cm • 176 pp.

Nestas reflexões, o autor demonstra como podemos ser melhores no dia a dia e como é possível ter uma convivência harmoniosa.

Em capítulos curtos, objetivos e de leitura agradável, podemos encontrar um caminho para a prática constante da honestidade, conhecendo um pouco sobre amizade, sinceridade, certo e errado, bem e mal, sexo e muito mais.

Getúlio Vargas em Dois Mundos
Wanda A. Canutti | 16x23 cm • 344 pp.

Getúlio Vargas realmente suicidou-se? Como foi sua recepção no mundo espiritual? Qual o conteúdo da nova carta à nação, escrita após seu desencarne? Saiba as respostas para estas e outras perguntas, agora em uma nova edição, com nova capa, novo formato e novo projeto gráfico.